DRÔLE DE SIRÈNE !

Vous aimez les livres de la série

Sabrina
l'apprentie sorcière

Écrivez-nous
pour nous faire partager votre enthousiasme :
Pocket Jeunesse, 12, avenue d'Italie, 75013 Paris.

Sabrina

l'apprentie sorcière

Drôle de sirène !

David Cody Weiss et Bobbi J. G. Weiss

Traduit de l'américain par Noémie Caldas
Adapté par Bertrand Ferrier

POCKET
jeunesse

Titre original :
Age of Aquariums

Publié pour la première fois en 1999
par Pocket Books, États-Unis

Loi n° 49 956 du 16 juillet 1949 sur les publications destinées
à la jeunesse : juillet 2002

ISBN 2-266-11892-7

Tu as envie de lire des romans drôles,
pétillants, irrésistibles ?
Abracadabra !
La série

Sabrina
l'apprentie sorcière

est faite pour toi !

Pour Lisa C.

Et tu t'imaginais que celui-ci serait prêt à temps ! Ha, ha, ha !

1.

La semaine s'annonce mal...

« Oh, non ! Quelle horreur ! La malchance continue de me poursuivre[1] ! »

Sabrina n'en revenait pas : dans la cour du lycée, où elle venait d'entrer ce lundi matin, elle avait aperçu deux autres élèves habillées comme elle ! Bonjour le ridicule...

Il était trop tard pour rentrer se changer. Comme d'habitude, Sabrina était arrivée juste à l'heure et la cloche allait sonner d'un moment à l'autre. Pourtant, il n'était pas question de faire comme si de rien n'était : à tous les coups, cette peste de Libby Chessler remarquerait la chose et en

1. Lire, dans la même série, *Un défi pour Sabrina*, tome 14.

profiterait pour se moquer d'elle une fois de plus !

Sabrina soupira. Il n'y avait qu'une solution : utiliser la magie.

Depuis qu'elle avait commencé son apprentissage de sorcière, quelques expériences douloureuses l'avaient convaincue de ne pas lancer des sortilèges à tort et à travers. Elle se souvenait notamment qu'un jour où il faisait très chaud, elle avait voulu réparer l'air conditionné du lycée. Mal lui en avait pris : elle avait prononcé une mauvaise formule. Résultat, une tempête de neige s'était abattue *dans* le lycée pendant trois jours !

Elle s'était juré d'être plus prudente à l'avenir, et de ne plus utiliser la magie qu'en cas d'extrême urgence. Et c'en était un, non ? Elle pointa un doigt sur elle et zappa. Un petit « poffffff » plus tard, elle avait troqué jupe-chemisier-pull contre jean-sous-pull-veste. Ouf ! C'était mieux !

Elle entendit quelqu'un s'éclaircir la gorge derrière elle.

— Mademoiselle Spellman ?

La jeune fille fit la grimace. Elle avait reconnu la voix de M. Kraft, le proviseur.

— Oui ?

— Tournez-vous vers moi, s'il vous plaît...

Sabrina obéit.

— C'est bien ce qui me semblait..., murmura-t-il.

L'apprentie sorcière essaya de maîtriser son inquiétude. M. Kraft n'avait pas dû remarquer son changement de tenue ! Pourtant, il continuait de l'observer avec suspicion.

— Vous êtes sûre que tout va bien ? lui demanda-t-il.

— Oui, monsieur.

— Alors, pourquoi portez-vous un chapeau ridicule ? Vous ignorez que les tenues excentriques sont interdites dans l'enceinte du lycée, peut-être ?

Sabrina porta précipitamment la main à sa tête. Elle avait bien un chapeau ! Elle s'était encore une fois trompée en lançant son sortilège...

— Je dois reconnaître que c'est *très* original ! ironisa M. Kraft. Hélas, ce n'est pas autorisé ! ajouta-t-il d'un ton mielleux.

La jeune fille enleva son chapeau à la hâte. C'était un horrible canotier qui n'allait pas du tout avec sa tenue ! Elle attendit que le proviseur décide de la punition à lui donner. M. Kraft prenait tout son temps. Il semblait ravi de tenir la jeune fille à sa merci. Enfin, un mauvais sourire aux lèvres, et il déclara :

— Pour réparer cette gravissime infraction, je vous désigne volontaire pour rejoindre l'équipe Mesmer demain matin.

— Quoi ?

— Vous savez que le professeur Austin Theobald Mesmer a besoin d'un coup de main pour emballer ses livres et ses collections. J'ai donc désigné quelques volontaires pour aller l'aider demain, dans la matinée.

— Mais j'ai cours, mardi matin ! protesta Sabrina.

— Rassurez-vous, mademoiselle Spellman : vous aurez une autorisation d'absence... ce qui ne vous empêchera pas de rattraper les cours que vous aurez manqués, bien sûr !

Et le proviseur s'éloigna en sifflotant.

Sabrina se dépêcha de cacher son canotier dans son sac, puis elle fila vers sa classe. Le cours avait déjà commencé ! Elle frappa.

— J'étais avec M. Kraft, expliqua-t-elle au professeur de mathématiques en entrant dans la salle.

Pour une fois que son excuse favorite était vraie !

Elle s'assit près du bel Harvey Kinkle et ouvrit son sac pour sortir ses affaires.

— Oh ! lâcha son voisin. Tu as un chapeau de paille dans ton sac !

L'apprentie sorcière tenta le tout pour le tout. Elle zappa le chapeau, qui disparut aussitôt.

— Qu'est-ce que tu dis ? demanda-t-elle en chuchotant.

Le jeune homme regarda son sac plus attentivement :

— Non, rien... Je croyais avoir vu un chapeau dans ton sac.

— Un chapeau ? feignit de s'étonner l'apprentie sorcière.

Heureusement, le professeur intervint pour mettre fin à cette conversation gênante :

— Sabrina ! Harvey ! Ce serait gentil d'attendre la pause pour vous chuchoter des mots doux...

Les deux amis se figèrent, très gênés. Quelques ricanements s'élevèrent, puis le cours reprit normalement.

La semaine commençait mal, songea Sabrina : une mauvaise surprise, un sortilège raté, une punition, et un avertissement en cours de maths... Puis elle essaya de penser positivement : la suite ne pourrait pas être pire. Hélas, elle se trompait du tout au tout !

2.

Direction : le manoir !

Le lendemain matin, Sabrina n'était pas si mécontente de se retrouver dans « le groupe Mesmer », comme l'avait appelé M. Kraft. Elle allait sécher l'anglais et l'histoire, des matières dont elle ne raffolait pas vraiment ; le proviseur avait promis une bonne note à tous les participants ; et l'apprentie sorcière avait constaté avec plaisir la présence dans le groupe de Harvey et de Valérie Birckhead, sa meilleure amie. Hélas, l'affreuse Libby était aussi de la partie...

Elle regarda par la fenêtre du bus. Au fur et à mesure, les immeubles cédaient la place aux maisons, les petits pavillons aux vastes demeures. Le manoir du professeur Mesmer n'était plus très loin.

— Sabrina, j'ai un problème..., souffla Valérie.

La jeune fille se tourna vers son amie.

— Qu'est-ce qui se passe ? demanda-t-elle en fronçant le nez.

Une odeur forte et désagréable planait dans le bus depuis le début du voyage.

— Ce matin, j'ai essayé une nouvelle crème pour le visage.

— Ah bon ?

— Oui ! Elle est censée faire disparaître les boutons en une semaine.

— Et ça ne marche pas ?

— Hum, je le saurai dans quelques jours. Pour le moment, je ne sais qu'une chose : elle pue !

« Ah ! C'est donc toi qui sens comme ça ! » faillit s'exclamer Sabrina. Elle se retint à temps : Valérie était bien assez gênée sans qu'elle en rajoute !

— Pourquoi tu ne l'as pas enlevée tout de suite ? s'étonna l'apprentie sorcière.

— C'est ce que j'ai fait ! Mais il était trop tard. Alors, je me suis aspergée avec le parfum préféré de ma mère...

— Et ça n'a pas suffi non plus ?

— Ben... non, la preuve. Ça te dérange si j'ouvre la fenêtre ?

Sabrina sourit :

— Non, vas-y !

Valérie s'escrima en vain sur la poignée pendant quelques secondes. Harvey vola à son secours :

— Laisse-moi essayer !

Mais ses efforts furent infructueux... jusqu'à ce que l'apprentie sorcière pointe discrètement un index secourable sur la fenêtre récalcitrante. Le bus freina brutalement. Harvey perdit l'équilibre et tomba sur les genoux de Sabrina. Celle-ci posa une main affectueuse sur son épaule :

— Désolé, Harvey, mais la place est prise !

— Harvey ! tonna M. Kraft. Que faites-vous sur les genoux de Sabrina ?

— Je... j'étais là pour..., bégaya le jeune homme, le rouge aux joues.

— Retournez à votre place ! Nous arrivons dans cinq minutes.

Sabrina jeta un œil par la vitre ouverte. Le bus allait franchir l'impressionnant portail du manoir Mesmer. Un panneau

« Monument historique » trônait à l'entrée du domaine.

— Il fait froid ! gémit Libby. Monsieur Kraft, est-ce qu'on peut fermer la fenêtre ?

— Non, répondit le proviseur. Ça sent très mauvais, dans ce bus ! Pas question de respirer une odeur aussi horrible.

Un éternuement retentit :

— Atchouououm !

C'était Gordie !

— Jeune homme, veuillez garder vos bacilles pour vous ! s'emporta M. Kraft.

— Mes quoi ?

— Vos bacilles ! Vos microbes !

— Mais... mais je n'ai pas fait exprès d'éternuer..., protesta Gordie.

— Il ne manquerait plus que ça... et ne recommencez pas !

Hélas, Gordie eut beau se mordre les lèvres, bloquer sa respiration, se pincer le nez, taper du pied, jeter des regards désespérés au plafond, il laissa échapper une nouvelle série d'éternuements sonores. Les élèves frémirent en imaginant la réaction de M. Kraft, mais celui-ci n'eut pas le temps de se mettre en colère : le bus avait stoppé brutalement.

Les élèves en profitèrent pour se ruer en direction des portes. Valérie fonça tête baissée vers l'air libre, précédée de peu par Libby, qui avait réussi à passer devant tout le monde. Desmond Jacobi suivit le mouvement et répandit quelque chose sur la tête de Sabrina en passant.

— Cadeau de la maison ! s'écria-t-il en ricanant.

L'apprentie sorcière secoua la tête... et vit tomber un sachet de poivre en provenance directe de la cafétéria.

— Quel bébé, ce Desmond ! soupira-t-elle.

Elle se passa la main dans les cheveux pour ôter la poudre grise, qui la fit éternuer à son tour. Par chance, M. Kraft ne s'en aperçut pas : il était descendu pour mettre de l'ordre dans ses troupes. Sabrina rejoignit les autres élèves et leva les yeux vers le manoir.

— Ça doit être sympa, d'habiter là, non ? observa Valérie.

L'apprentie sorcière hocha la tête :

— Oui, c'est un peu sinistre... mais pas mal du tout !

Le bâtiment, en pierre de taille, était

massif et composé de trois étages. Le proviseur réclama le silence. Dès qu'il l'eut obtenu, il se dirigea vers la porte. On aurait dit un roi s'apprêtant à pénétrer dans son palais.

3.

À l'assaut !

M. Kraft frappa à la porte du manoir, qui s'entrebâilla presque aussitôt.

— Vous êtes Kraft, c'est ça ? demanda une petite femme brune.

— *Monsieur* Kraft, corrigea le proviseur. Je suis là pour...

— Oui, je sais, je sais..., coupa son interlocutrice.

Elle s'écarta et tira la porte vers elle. Les visiteurs entrèrent dans le vaste hall. Le lieu était lugubre : les bruits de pas résonnaient longuement, la lumière qui tombait des fenêtres était très faible, le vent gémissait dans la grande cheminée et des dizaines de tables, de fauteuils et d'armoires, étaient cachées sous des draps blancs recouverts de poussière.

— Nous sommes les Coverano, lâcha soudain une voix caverneuse.

Les lycéens sursautèrent. Dans le couloir se dressait un homme de deux mètres, aux épaules musculeuses et à la mâchoire carrée.

— Nous savons pourquoi vous êtes ici, gronda le colosse, et nous pensons que ce n'est pas une bonne idée.

— Vous allez trop vite, lança Mme Coverano à M. Kraft. Les affaires de M. Mesmer ne sont pas censées quitter ce lieu avant dimanche prochain.

— Vous deviez attendre sept ans, pas sept ans *moins une semaine*, reprit son mari.

— C'est votre opinion, répondit M. Kraft. Mais ce n'est pas celle de la justice. J'ai l'autorisation de débarrasser le manoir dès aujourd'hui, et je ne vais pas m'en priver !

Il croisa les bras et toisa avec aplomb le couple qui lui faisait face. Mme Coverano fusilla le proviseur du regard avant de tourner les talons. Son mari la suivit en dodelinant de la tête.

M. Kraft se tourna vers les lycéens, un sourire de triomphe aux lèvres.

— Oh, non, on est bons pour un discours, gémit Valérie à mi-voix.

Effectivement, le proviseur s'éclaircit la voix et s'exclama :

— Mes bons amis, nous vivons un grand jour ! Un jour ex-cep-tion-nel ! Un jour qui restera dans les annales de Westbridge ! J'espère que vous êtes aussi émus que moi. Aujourd'hui, nous allons prendre possession des premières acquisitions du lycée en vue de créer le CENTRE ÉDUCATIF WILLARD H. KRAFT...

Libby applaudit très fort, mais, soudain, Gordie éternua. De petits gloussements troublèrent le silence qui s'ensuivit : Desmond ricanait. Il avait le plus grand mal à ne pas exploser de rire. En un éclair, Sabrina comprit ce qui se passait : Desmond avait mis du poivre sur Gordie, et celui-ci ne s'en était pas aperçu.

« Poffffff », fit l'index de Sabrina. Gordie cessa d'éternuer.

« Poffffff », fit de nouveau l'index de Sabrina. Desmond éternua à son tour.

— Monsieur Jacobi ! s'écria M. Kraft.

« Poffffff », fit une troisième fois l'index

de Sabrina. Les mains et le visage de Desmond se couvrirent de boutons.

— Quelle horreur ! hurla le proviseur, épouvanté. Vous êtes malade, Jacobi ! Allez vous asseoir au fond du bus et attendez notre retour : je ne veux pas que vous risquiez de nous contaminer !

Dans sa fureur, il oublia de sanctionner Gordie.

Desmond ne protesta pas. Il était trop étonné de voir les boutons qui le couvraient. Il sortit de la pièce lentement. M. Kraft, lui, ne perdit pas de temps.

— Mademoiselle Chessler !

— Présente, minauda Libby.

— Vous connaissez bien vos camarades, et je sais que je peux compter sur vous. Vous êtes donc la mieux placée pour répartir les tâches. Voici la liste des objets que nous devons emporter aujourd'hui...

Un sourire inquiétant illumina le visage de la pom-pom-girl. Elle aimait donner des ordres. Elle allait adorer ce nouveau rôle !

— Gordie, je te charge d'emballer les livres. Essaye de ne pas trop éternuer, même s'il y a de la poussière, hi, hi, hi ! Valérie, toi qui aimes tant les insectes... occupe-toi de la collection d'insectes, ça t'aidera à vaincre tes peurs, ha, ha, ha !

Elle gloussa et continua d'attribuer à chacun le travail qui lui conviendrait le moins. Et elle termina par son ennemie préférée.

— Sabrina, déclara-t-elle, je t'ai gardé quelque chose de facile. Tu dois déménager l'aquarium miniature dans le hangar technique désaffecté du lycée. Allez, exécution !

Les élèves s'égaillèrent.

— Je ne *veux* pas m'occuper d'insectes ! protesta Valérie.

Personne ne l'entendit, hormis Sabrina.

— J'échangerais bien mon aquarium contre tes insectes, dit l'apprentie sorcière, mais si Libby me l'a donné, il y a sûrement une raison... horrible !

Les deux jeunes filles s'avancèrent dans un couloir sombre. Des portraits étaient accrochés aux murs. Elles s'arrêtèrent pour les regarder, mais M. Kraft surgit derrière elles.

— Vous croyez que c'est le moment de flâner, mesdemoiselles ? Valérie, vos insectes sont par ici, suivez-moi ; Sabrina, l'aquarium est derrière cette porte.

Valérie adressa un signe de main à son amie et s'éloigna. Sabrina la plaignait : Libby savait que Val détestait les insectes, et elle ne l'avait pas ratée !

Elle se demandait ce qui l'attendait. Pourquoi Libby lui avait-elle attribué le déménagement d'un aquarium miniature ? A priori, ça devait être facile. Sabrina ouvrit la porte qu'avait désignée M. Kraft. Et elle comprit qu'elle allait avoir un problème. Un gros, un très gros problème...

4.

M. Kraft se dévoile

La pièce était aussi grande que le gymnase du lycée. Les murs étaient couverts d'étagères. Dessus s'entassaient des fossiles marins, d'étranges créatures aux nageoires hérissées d'épines, et des poissons exotiques empaillés. « Brrr ! songea l'apprentie sorcière. Ça fait froid dans le dos ! »

Et, au milieu de la pièce, trônait un gigantesque aquarium. Dedans, des poissons miniatures nageaient. Sabrina n'en croyait pas ses yeux.

— C'était donc ça, l'arnaque..., murmura-t-elle.

Maintenant, elle comprenait pourquoi Libby lui avait confié cette tâche : pas moyen de transporter cet énorme bocal !

Elle s'approcha de l'aquarium. Tout y était à échelle réduite : les requins mesuraient la taille d'un doigt ; les galets étaient minuscules ; les baleines auraient tenu dans une main ; les petits poissons étaient *très* petits !

Sur les flancs d'une colline miniature se dressaient des villas qui ressemblaient à des maisons de poupée. Entre ces habitations sinuaient d'étroits sentiers bordés de buissons. L'ensemble était d'une beauté à couper le souffle... mais cela ne résolvait pas le problème de l'apprentie sorcière.

— Je ne peux pas déménager ce truc ! bougonna Sabrina.

— Ne dites pas ça, vous n'avez même pas essayé ! rétorqua une voix derrière elle.

C'était M. Kraft !

— Vous m'avez fait peur, souffla l'apprentie sorcière. Je ne vous avais pas entendu venir.

— Normal. Un proviseur peut surgir partout et toujours, même quand on ne l'attend pas !

— Vous allez m'aider à déplacer cet aquarium ? demanda Sabrina.

— En un sens. Je vais vous donner la

marche à suivre : vous devez prendre des mesures et démarcher des entreprises de déménagement pour obtenir des devis. Bien sûr, ce travail pourra compter dans votre moyenne trimestrielle d'économie, précisa M. Kraft. Et, dans mon extrême bonté, je suis prêt à faire encore un geste en votre faveur.

Sabrina s'attendit au pire : elle se méfiait des « faveurs » de M. Kraft ! Le proviseur sortit une brochure de sa veste et la lui tendit :

— Voici une gamme complète de boîtes en plastique. Elles vous permettront de transvaser les poissons. Le rapport qualité-prix est sans équivalent. Ce produit est à la fois solide, sûr, esthétique et extrêmement bon marché. Et regardez la qualité de la finition ! Ex-cep-tion-nel !

La jeune fille battit des paupières, stupéfaite.

— Pourquoi avez-vous ces brochures sur vous ? demanda-t-elle.

— Eh bien, euh, je... Je suis membre du conseil d'administration de cette entreprise, reconnut M. Kraft. Il faut bien vivre, n'est-ce pas ? Vous-même aurez peut-être envie de nous rejoindre quand vous aurez fini vos études...

— Oh, non ! répondit Sabrina. Je n'ai pas du tout l'intention de fabriquer des boîtes, plus tard !

— On dit tous ça, et puis, un jour... Enfin, vous verrez, conclut le proviseur en s'éloignant vers la porte. Maintenant, si vous le permettez, je vais aller surveil... je veux dire aider vos petits camarades.

Sabrina regarda M. Kraft sortir de la pièce. Déjà, transporter un aquarium n'était pas facile ; mais si, en plus, le proviseur s'en mêlait, sa mission s'annonçait impossible !

5.

C'est trop injuste !

— Ou-ouh ! lança Sabrina. Y a quelqu'un ?

Le déménagement de l'aquarium la préoccupait tellement qu'elle avait eu du mal à se concentrer pendant les cours de l'après-midi. Aussi, dès que la dernière sonnerie avait retenti, avait-elle foncé hors du lycée. Elle s'était zappée à la maison. Elle devait demander conseil à ses tantes Hilda et Zelda au plus vite !

Pourtant, ni l'une ni l'autre ne lui répondit. Vite, Sabrina fila au salon. Ouf ! ses tantes étaient là ! Mais pourquoi ne lui avaient-elles pas répondu ? Elles ne l'avaient sans doute pas entendue. C'était la seule explication possible, car elles n'étaient pas vraiment débordées par leurs activités : Zelda était plongée dans la lecture d'un journal, *La Gazette des physiciens*. « Ouh-là, ça donne envie », songea Sabrina en avisant le titre à la une : « Éternité et quanta, vers une nouvelle cosmologie transdisciplinaire ? » C'était du chinois !

Quant à Hilda, elle zappait sur les chaînes de télévision de l'Autre Royaume. Sur l'écran, Sabrina reconnut la sitcom *Ma sorcière bien-aimée*, l'émission gastronomique *Bien cuisiner les crapauds*, et le talk-show *Sorcière et fière de l'être*. Hilda ne semblait intéressée ni par les uns ni par les autres.

— Bonjour-bonjour ! s'exclama la jeune fille.

Seul le murmure de la télévision lui répondit.

— J'ai un problème à vous soumettre, continua l'apprentie sorcière.

Ses tantes gardèrent obstinément le silence.

— Hilda ! Zelda ! J'ai un problème ! J'ai besoin de votre aide !

— Tiens, je crois que j'ai entendu une sorte de grincement..., murmura Zelda.

— C'est le moment d'appliquer un peu

d'huile ! commenta Hilda en faisant apparaître un petit flacon.

D'une pichenette, elle l'envoya léviter au-dessus de Sabrina.

— Hé ! Vous êtes folles ou quoi ? protesta la jeune fille en se protégeant la tête avec les bras.

— Pas encore, mais si tu continues, ça ne va pas tarder ! lâcha Hilda.

— Tu vois, ma chérie, tu as pris de très mauvaises habitudes, expliqua Zelda. Dès que tu as un souci, tu viens nous demander de l'aide...

— De l'aide *magique*, précisa Hilda.

— Il faut que tu apprennes à compter sur toi-même, continua Zelda. Tu vas recevoir une goutte d'Huile de silence, qui t'empêchera de nous poser des questions ayant trait à la magie.

— Mais justement, je..., commença Sabrina.

Trop tard ! Le flacon s'était incliné, et une goutte d'huile avait atteint la jeune fille.

« Vous êtes horribles ! voulut-elle crier. Vous ne vous rendez pas compte que j'ai besoin de vous ? » Mais aucun son ne sortit de sa bouche.

— Ah ! Un détail, ajouta Zelda. L'Huile de silence empêche aussi de se plaindre.

— Quel beau, quel excellent produit ! s'extasia Hilda en zappant sur *Sorcière Académie*.

Sabrina enrageait. Mais elle ne pouvait rien contre ses tantes : les sorcières de six cents ans sont pratiquement invulnérables ! Elle tourna les talons en grognant et gagna sa chambre. Elle s'assit sur son lit... et se releva aussitôt en entendant un miaulement plaintif.

— Tu peux pas faire attention ? pesta Salem. J'existe, figure-toi !

— Et toi ? rétorqua la jeune fille. Tu peux pas te mettre ailleurs que sur mon lit ?

Le chat noir s'étira avant de céder la place.

— Si j'étais devenu maître du monde, mes serviteurs t'auraient jetée au cachot pour avoir dérangé mon repos sacré ! maugréa-t-il.

Car Salem n'était pas un chat comme les autres : c'était en réalité un sorcier qui avait essayé de devenir maître du monde. Le Conseil des Sorciers l'en avait empêché et l'avait condamné à passer cent ans dans la peau d'un félin. Tous ses pouvoirs lui avaient été retirés, sauf un : la parole.

— Moi qui espérais que tu m'apporterais un peu de thon frais..., enchaîna-t-il.

— Aaah ! gémit Sabrina. Ne me parle pas de poisson !

— Pourtant, c'est un sujet très, très intéressant...

— Salem, j'ai besoin de ton aide.

— Pourquoi ? s'étonna le chat. Tu dois faire un reportage sur un chat beau, intelligent, subtil, drôle... et tu as pensé à moi ? Merci, je suis très touché...

— Il faut que je déménage un aquarium géant et son contenu, continua Sabrina sans prendre la peine de répondre.

— Et tu voudrais que je l'allège un peu en avalant quelques poissons ?

— Non, surtout pas ! Je voudrais que tu me donnes une idée pour que je réussisse ma mission.

— Demande à Zelda ou à Hilda...

— Elles ne veulent pas ! Elles trouvent

que je leur demande de l'aide trop souvent...

Les moustaches de Salem frémirent :

— Donc, cette fois, tu as décidé de te servir de moi ?

— Je me suis dit que les poissons, ça te connaissait..., lâcha l'apprentie sorcière.

— Hum, en effet... Alors, montre-moi à quoi il ressemble, ton aquarium de malheur !

Sabrina prit son chat dans les bras et l'embrassa pour le remercier. Puis elle se zappa avec lui dans la pièce du manoir où se trouvait l'aquarium.

La douce lumière de la fin d'après-midi se reflétait dans l'eau. Des poissons aux couleurs vives filaient sans se soucier des visiteurs. Salem contempla l'immense bocal avec envie :

— Miam ! Je n'avais encore jamais mangé de requin miniature... Viens te battre, mini-monstre des mers, si t'es un homme !

— Moins fort ! souffla la jeune fille. Je n'ai pas envie que les gardiens nous surprennent ici !

Le chat fit le tour de l'aquarium en se

pourléchant les babines puis revint vers sa maîtresse.

— Ça me paraît très appétissant, conclut-il. Mais je ne vois pas où est ton problème.

— Salem, tu es bête ou quoi ? Il faut que je déménage cet énorme truc jusqu'au lycée ! Je suis censée demander des devis, mais imagine... s'il y a un seul petit problème pendant le transport...

— Pourquoi ne pas utiliser la magie ?

Sabrina resta bouche bée. Évidemment : c'était un cas de force majeure ! Elle pouvait se servir de ses pouvoirs ! Pourtant, elle grimaça.

— Je sais que M. Kraft n'est pas *très* intelligent, mais tu ne crois pas qu'il va se douter de quelque chose quand il verra apparaître l'aquarium, comme ça ?

— Bof ! Si ça ne lui coûte rien, il ne posera pas de question.

La tentation était forte. *Trop* forte : la jeune fille inspira à fond, prête à zapper, quand Salem s'écria :

— Attends ! Vérifie qu'il n'y a personne là où tu veux mettre l'aquarium !

Sabrina se figea. Son chat avait raison. Elle dessina un cercle avec ses bras. Un rectangle lumineux apparut, comme une sorte de télévision. Dedans, on voyait que l'ancien hangar technique du lycée était désert.

— Personne à l'horizon, commenta-t-elle. On peut y aller !

Elle fit disparaître l'écran de lumière, pointa son index et prononça sa formule.

Un « poffffff » plus tard, elle était arrivée à bon port, Salem et l'aquarium aussi. Elle scruta l'eau et constata, rassurée, que les poissons continuaient d'y nager comme si de rien n'était.

— Merci, Salem ! dit-elle enfin. Je crois que je m'en suis bien sortie, grâce à toi !

— Si jamais tu as besoin de quelqu'un pour vider l'aquarium..., commença le chat.

— Non, ça ira, merci !

Et, afin d'éviter tout accident, elle se téléporta aussitôt chez elle avec son animal.

6.

Une étrange intuition

La grande demeure des Spellman était vide quand Sabrina et Salem y arrivèrent. Sur le frigo, un mot attendait l'apprentie sorcière :

Sabrina,
Nous sommes parties à Fukuoka pour entendre les concertos nos 3 et 5 de Mozart par la grande Shilary Fahn. Zappe-toi quelque chose d'équilibré pour le dîner (pas de chips au Nutella !).
Bisous-bisous.
Zelda et Hilda

Ce n'était pas la première fois que Hilda et Zelda allaient à des concerts de musique classique à l'autre bout du monde.

« La musique classique, c'est la nourriture de l'âme, expliquait Zelda.

— Et les concerts, l'endroit rêvé pour rencontrer un prince vraiment charmant... », ajoutait Hilda.

Sabrina se confectionna un sandwich et le grignota en relisant ses cours. Puis elle s'affala devant la télé. La télécommande en main, elle regarda sans y prêter attention les bêtises qui défilaient sur l'écran. Des pensées plus graves la tourmentaient : avait-elle correctement zappé l'aquarium ? N'avait-elle pas oublié de téléporter quelque chose de vital pour les poissons ? Bien sûr, elle avait vérifié que le bloc de Plexiglas était arrivé en bon état. Mais elle sentait qu'elle avait commis une erreur. Laquelle ?

À la fin, elle n'y tint plus. Elle éteignit la télévision, chaussa ses sandales et se zappa au lycée de Westbridge.

Dans le bâtiment d'entretien, l'obscurité était presque totale. L'apprentie sorcière renonça à allumer. Elle ne voulait pas attirer l'attention. Elle se zappa une petite lampe de poche et s'approcha de l'aquarium.

— Qu'est-ce qui ne va pas ? demanda

Sabrina à haute voix. Et, si tout va bien, pourquoi j'ai l'impression que quelque chose cloche ?

Des mini-requins et des baleines minuscules se promenaient. La jeune fille éclaira la ville miniature. Rien de bizarre ne lui sauta aux yeux. Après un dernier coup d'œil aux étonnants spécimens qui peuplaient l'aquarium, elle se résolut à rentrer chez elle. Peut-être que, pour une fois, son intuition l'avait trompée...

7.

Un retour mouvementé

— Tiens, vous êtes rentrées ! lança Sabrina en apercevant ses tantes dans le salon.

— Ne m'en parle pas ! soupira Zelda.

— Qu'est-ce qui s'est passé ? demanda l'apprentie sorcière.

— Tout allait bien jusqu'à ce que...

Hilda, accroupie devant un tas de partitions, manqua de s'étrangler :

— Tout allait bien ? Tu es devenue sourde ou quoi ?

Zelda se tourna vers Sabrina :

— Hilda n'a pas aimé l'interprétation de Shilary Fahn.

— Aucune sensibilité ! Aucun sens de la mélodie ! gémit sa sœur en s'arrachant les cheveux. C'était nul, nul, nul ! Et le pire, c'est quand mon voisin s'est penché vers moi pour me dire : « Elle joue divinement bien, n'est-ce pas ? » Là, j'ai craqué !

— Qu'est-ce que tu as fait ?

— Je me suis levée, et j'ai hurlé : « Arrêtez le massacre ! C'est un scandale ! »

— Il y a eu un grand silence, expliqua Zelda. J'étais morte de honte. Mais l'agent de Shilary s'est levé et a lancé à cette vieille folle : « Madame, puisque vous êtes si forte, rendez-vous demain, salle Nikoko ; nous verrons de quoi vous êtes capable. » Hilda a accepté le défi, et je nous ai zappées. J'aurais été incapable d'en supporter davantage.

« Hilda, tu as rendez-vous avec l'agent de Shilary Fahn ? s'exclama Sabrina. Génial ! Je suis hyper contente pour toi ! Peut-être que tu saurais aussi com... »

Sabrina continua de parler quelques secondes. Le temps de s'apercevoir qu'aucun son ne sortait de sa bouche !

— Peut-être que je saurais quoi ? demanda Hilda en levant la tête.

« Eh bien, j'ai toujours mon problème avec... »

De nouveau, les lèvres de l'apprentie sorcière s'agitaient sans bruit. Elle s'arrêta, furieuse : l'Huile de silence avait encore frappé.

— Quand tu te décideras à parler de façon intelligible, je pourrai te répondre, lâcha Hilda avec un sourire ironique.

— Tu dois apprendre à compter sur toi-même, rappela Zelda à sa nièce.

« Arrêtez ! hurla Sabrina en silence. Vous voulez me faire croire que c'est juste pour mon bien, mais c'est juste que vous avez la flemme de vous occuper de moi ! »

— Bon, allez, au boulot : il faut que je me remette *Tzigane* de Berlioz dans les doigts, lança Hilda en se relevant.

— Pas de Berlioz : de Ravel, corrigea sa sœur.

— Oui, ça va, c'est presque pareil, maugréa Hilda en sortant de la pièce.

— Ne t'inquiète pas, dit Zelda à Sabrina. J'ai mis un peu d'Huile de silence sur son violon pour que tu ne sois pas dérangée pendant la... Sabrina ? Sabrina ?

L'apprentie sorcière avait filé dans sa chambre, les yeux pleins de larmes, sans attendre que sa tante ait fini de parler. Non seulement ses tantes ne voulaient pas l'aider, mais elles ne voulaient même pas chercher à la comprendre...

— À qui demander conseil ? se lamenta la jeune fille.

— Regarde dans ton manuel de magie, suggéra Salem.

Sabrina sursauta. Elle n'avait pas vu que son chat avait repris son poste préféré, allongé sur son lit. Consulter le manuel de magie était une bonne idée. La jeune fille farfouilla sur son bureau, trouva le manuel et l'ouvrit à la page qui concernait les animaux domestiques.

— « J'élève mon dragon », non... « Je vis avec mon hibou », non... « Je m'occupe de mes serpents », non... « Je commande aux araignées », non plus... Ah ! « Je soigne mon poisson chéri »... page 762 !

Sabrina se dépêcha de zapper son livre à la bonne page. Le manuel offrait comme d'habitude des conseils techniques très compliqués. Heureusement, il donnait aussi une adresse située dans l'Autre Royaume : *Le Monde marin de M. Flétan*. Elle était soulignée. L'apprentie sorcière savait ce que cela signifiait : c'était ce qu'on appelait une hyperadresse. Si elle appuyait dessus, elle se retrouverait dans l'Autre Royaume.

— Tu viens, Salem ?

Le chat sauta dans les bras de la jeune fille, qui pointa un index sur l'hyperadresse. Ils se retrouvèrent devant un magasin tout bleu, d'où sortait une lumière irisée.

— Ça a l'air ouvert, remarqua Sabrina. On y va ?

Salem acquiesça. L'apprentie sorcière ouvrit la porte, entra... et se retrouva dans l'eau !

8.

Un étrange poisson

Sabrina ouvrit la bouche, stupéfaite.

— Respirez, vous êtes dans l'Autre Royaume, lança un flétan qui venait à leur rencontre. Ici, l'eau n'étouffe ni les sons ni les gens !

Sabrina sourit et avala une petite gorgée d'air. Elle s'attendait à boire la tasse, mais non ! Le poisson avait dit vrai, la magie opérait et l'apprentie sorcière pouvait respirer dans l'eau.

— En quoi puis-je vous être utile ? demanda le poisson-commerçant.

— Je viens de déménager un aquarium, et j'ai l'impression que les poissons ne s'y sentent pas aussi bien qu'avant.

— Hum, un aquarium... Quel type d'aquarium ?

Sabrina scruta son interlocuteur :

— Comment ça, quel type ? Un aquarium normal, avec de l'eau et des poissons qui nagent dedans...

— Mais l'eau, reprit le poisson, c'est de l'eau salée ou de l'eau douce ? Et les poissons, à quelles espèces appartiennent-ils ?

— Bonnes questions ! Je crois qu'il y a des mini-requins dedans...

— Des mini-requins ?

— Oui, et des poissons de toutes les couleurs...

Le poisson fronça les ouïes, comme s'il réfléchissait.

— Et il y a une maison miniature, aussi, ajouta Sabrina. Je ne sais pas si ça peut vous aider...

— Bon, vous n'y connaissez rien, c'est ça ? conclut le flétan. Si je vous demande quel système de filtrage vous avez adopté...

— Un système de filtrage ? C'est obligé ?

— Bien sûr que c'est obligé ! s'écria le poisson. Si vous n'avez pas un système adéquat, vos poissons mourront dans les heures qui suivent !

— Alors c'est ça..., murmura Sabrina, le souffle court.

— Tenez, prenez cette brochure gratuite : elle donne quelques conseils simples aux débutants... et filez vérifier votre système pendant qu'il en est encore temps !

Sabrina empocha la brochure, prit Salem dans ses bras et se zappa. Il fallait faire vite : les poissons devaient être en train d'étouffer !

9.

Du nouveau sur M. Mesmer

— Je ne comprends pas comment j'ai pu zapper seulement une partie de l'aquarium ! gémit Sabrina, de retour à la maison.

Elle se séchait les cheveux tout en feuilletant les brochures de M. Flétan. Malheureusement, celles-ci étaient remplies de termes techniques et de schémas très compliqués. L'apprentie sorcière n'y comprenait rien de rien !

— Tu ne téléportes que les objets sur lesquels tu te concentres, rappela Salem.

— Même s'ils sont attachés à d'autres ? s'étonna Sabrina.

Le chat acquiesça. La jeune fille éteignit le séchoir, ses cheveux encore humides, remit les brochures dans la poche de son jean, et attrapa son chat.

— Eh ! Qu'est-ce que tu fabriques ?

— Je nous téléporte chez Mesmer pour récupérer le système de filtrage et le réinstaller sur l'aquarium.

— Attends ! Je suis sûr qu'avec un petit quelque chose dans le ventre, on serait beaucoup plus effic...

Salem n'eut pas le temps de finir sa phrase : sa maîtresse les avait zappés dans les couloirs du manoir. Il voulut protester, mais Sabrina lui enjoignit de se taire.

— Il ne faut pas que les gardiens nous entendent ! souffla-t-elle. Je les ai vus, et ils n'ont pas l'air commodes.

L'apprentie sorcière pointa l'index, et une lumière douce éclaira la salle qui avait contenu l'aquarium.

Sabrina s'approcha du mur du fond. Là pendaient des tubes sectionnés net qui semblaient continuer par-delà la paroi. La jeune fille tira dessus, mais quelque chose les retenait.

— Allez, zappe-nous de l'autre côté ! soupira Salem.

— Tu es fou ? Et s'il n'y avait qu'un

minuscule placard, là-bas ? Il vaut mieux que je lance un sort signalétique !

— Un quoi ?

Sabrina ne prit pas la peine de lui répondre. Elle pointa l'index vers la paroi et prononça une formule magique. Aussitôt, un léger « bip, bip » se fit entendre. D'un pas décidé, la jeune fille sortit de la pièce, suivie de Salem. Elle avança dans le couloir lugubre, guidée par le petit bruit que son sortilège émettait. Elle descendit vers le sous-sol. La sonnerie devenait plus forte à chacun de ses pas.

Soudain, Sabrina la repéra derrière une petite porte. Aussitôt, elle pointa son index en murmurant :

— Porte, ouvre-toi !

La porte s'ouvrit et le « bip, bip » cessa.

L'apprentie sorcière avait eu raison de se méfier. La pièce n'était pas plus grande qu'un placard, et elle regorgeait d'alambics, de chaudrons et de cornues.

— Il y avait donc un autre sorcier à Westbridge..., conclut la jeune fille.

— Il y en a peut-être beaucoup d'autres, commenta Salem. La plupart d'entre nous sommes assez intelligents pour ne pas attirer l'attention sur nous. Si des petits malins n'allaient pas faire leurs intéressants à la télévision ou au cinéma, personne ne saurait que nous existons !

Sabrina ne l'écoutait pas. Elle regardait l'enchevêtrement de tuyaux qui avaient été reliés à l'aquarium. Ils aboutissaient à des machines étranges qui pompaient dans le vide ! Aucun doute : les poissons devaient manquer d'air.

Plus la jeune fille observait le système de filtrage magique, plus elle était catastrophée. Impossible de le téléporter tel quel au lycée ! Si M. Kraft mettait son nez dedans, il s'apercevrait aussitôt que ce n'était pas un système *normal* fait avec des matériaux *normaux*. Il se poserait des questions et Sabrina aurait des ennuis... D'un autre côté, s'ils manquaient d'air, les poissons étaient promis à une mort certaine.

La jeune fille agrippa son chat et se zappa près de l'aquarium, au lycée. Elle voulait mesurer l'ampleur des dégâts. Une vision d'horreur l'attendait : les poissons nageaient sur le dos. Même sans s'y connaître, Sabrina comprit que c'était très mauvais signe.

— Salem ! Il faut faire quelque chose !

— Pour une fois, je suis d'accord avec toi. On devrait les manger tant qu'ils sont encore frais.

— Non : il leur faut de l'oxygène. Si j'arrive à leur en donner, ils seront sauvés...

L'apprentie sorcière pointa l'index vers l'aquarium. Une grosse bulle se forma et fusa vers la surface, où, pop ! elle éclata. Les poissons frétillèrent, effrayés ; au moins, ils n'avaient plus l'air morts.

— Pas mal, bougonna Salem, mais peut mieux faire.

— J'en ai bien l'intention, rétorqua Sabrina.

Elle pointa de nouveau l'index, et un batteur apparut, agitant l'eau et la couvrant d'une myriade de petites bulles. Les animaux s'agitèrent et remuèrent leurs nageoires. La jeune fille ajouta d'autres batteurs et regarda avec plaisir filer sous ses yeux des bancs de mini-requins. C'était une solution provisoire : elle ne suffirait certainement pas à maintenir longtemps en vie les poissons miniatures.

— Tu n'as qu'à geler l'aquarium, le

temps de trouver mieux, suggéra Salem en voyant son air déconfit.

— Ça va pas, la tête ? Les poissons en mourraient !

— Je pensais à un sortilège d'endormissement, expliqua le chat.

L'apprentie sorcière battit des paupières. Elle n'avait pas son manuel de magie avec elle. Arriverait-elle à se souvenir de la formule ?

— Voyons..., murmura-t-elle en pointant de nouveau son index. Il me faut une montre... un marteau... un sac...

Au fur et à mesure qu'elle pointait, les objets apparaissaient. Elle mit la montre dans le sac et le posa par terre. Puis elle donna un grand coup de marteau dessus en chantonnant :

« Là où tombe le sac, le temps s'arrêtera
Jusqu'à ce que je donne un ordre contre ça ! »

Et Sabrina jeta le sac dans l'aquarium. Instantanément, les batteurs se turent, l'eau cessa de clapoter, les poissons de nager, les algues de bouger. Alors, la jeune fille fit disparaître les batteurs et le marteau ; puis elle sortit de sa poche la brochure de M. Flétan.

— Dis-moi, Salem, il est quelle heure, à Hong Kong ?

— Pourquoi tu me demandes ça ?

— Parce que tu dois le savoir, non, monsieur l'ex-futur maître du monde ?

— Il doit faire jour, là-bas, si c'est ça que tu veux savoir, grommela Salem.

— Alors, on file ! Cette brochure conseille un magasin, là-bas.

— Il n'aurait pas pu trouver un magasin plus éloign...

Le « poffff » qui suivit coupa les lamentations de Salem : Sabrina avait lancé un sort de téléportation !

10.

Pas au bout de ses peines !

— Trop classe ! s'exclama Sabrina.

Une seconde plus tôt, elle était dans le bâtiment d'entretien de son lycée ; maintenant, elle se retrouvait dans une rue commerçante de Hong Kong ! Devant elle se trouvait une grande boutique à la vitrine pleine d'aquariums de toutes tailles.

L'apprentie sorcière sourit : elle avait encore réussi son sort de téléportation. Le Maître de magie devait être fier d'elle...

Salem la tira de ses pensées.

— Bon, tu as fini de rêvasser ? maugréa-t-il. On peut y aller ?

La vue des poissons exotiques l'avait mis en appétit. Il se disait que, peut-être, si la jeune fille accaparait l'attention du vendeur, il arriverait à attraper l'un d'eux...

— Un instant, réclama Sabrina.

Et elle récita :

« Je veux que Salem et moi-même
Comprenions ce que l'on nous dit ;
Et je veux que l'on nous comprenne
Ici comme aux États-Unis ! »

Puis elle se dirigea vers la porte.

À l'intérieur, la boutique ressemblait étrangement à celle de M. Flétan... hormis le fait qu'elle n'était pas sous l'eau. Sabrina attendit Salem : le chat admirait en amateur un grand poisson très rouge et très dodu qui batifolait dans un aquarium à sa portée.

— Miam-miam, murmura le félin en se pourléchant les babines.

— Ah ! Vous admirez Pin Day-kam, fit une voix derrière les visiteurs.

Sabrina se retourna. Une petite femme boulotte était près d'eux. Elle était vêtue d'un ensemble de soie verte, et portait des ballerines délicatement brodées. Ses cheveux noirs comme jais étaient relevés en chignon, ce qui mettait en valeur son beau visage.

— Pin Day-kam ? reprit Sabrina, surprise par cette apparition inopinée.

Elle était certaine qu'il n'y avait personne dans la boutique quand elle était entrée. Pourtant, la vendeuse n'avait pas pu se téléporter, elle ! « Bizarre », songea Sabrina. Mais son interlocutrice enchaînait déjà :

— Oui, cela signifie « Plein d'or ». C'est le plus gros poisson rouge du monde. Il pèse un kilo et demi et mesure près de quarante centimètres... Mais vous n'êtes pas venus spécialement pour le voir, n'est-ce pas ?

Salem allait protester : il aurait bien voulu voir ce spécimen très intéressant de plus près... de *beaucoup* plus près ! Sabrina lui cloua les babines d'un regard : il ne devait se manifester sous aucun prétexte. Un chat-sorcier ne doit jamais parler en public.

— Non, en effet, nous ne sommes pas venus pour cela, avoua la jeune fille. En fait, nous sommes venus vous demander un conseil.

— Je vous écoute, dit la commerçante en se dirigeant vers le comptoir.

— Voilà : j'ai déménagé un aquarium, et

je sens que ma nouvelle installation n'est pas au point.

— Pourquoi ?

— Le système de filtrage a un petit problème...

— Quel « petit problème » ?

— Euh, eh bien... Il ne fonctionne plus, et je ne peux pas en acheter un autre parce qu'il est, comment dire ? il est spécial...

— Spécial ? Que voulez-vous dire ?

Un murmure insistant empêcha la jeune fille de trouver une réponse satisfaisante. Salem continuait de fixer Pin Day-kam en lui susurrant des mots doux :

— Ô grand poisson plein d'or... Approche-toi du bord, tu es si joli... Tonton Salem aimerait te...

— Salem ! cria Sabrina, furieuse.

— Oups, pardon, s'excusa le chat.

Il mit une patte devant son museau, fronça celui-ci et rentra la tête dans les épaules.

— Je... Je peux tout expliquer, mentit sa jeune maîtresse, aussi rouge que Pin Day-kam.

— Ce ne sera pas la peine, répondit la

commerçante. Entre sorcières, on se comprend à demi-mot, non ?

Sabrina ouvrit des yeux comme des soucoupes :

— Vous... vous êtes une sorcière ?

— Eh oui !

— C'est pour ça que je ne vous avais pas vue en entrant : vous vous êtes téléportée dans la boutique quand vous nous avez entendus !

— Exactement.

— Et c'est aussi pour ça que vous êtes sur les brochures de l'Autre Royaume...

La femme opina de la tête et ajouta :

— Et vous, vous ne pouvez pas utiliser l'ancien système de filtrage parce qu'il est magique...

— Oui. L'aquarium appartenait à un magicien. Je l'ai téléporté dans mon lycée, mais je ne peux pas téléporter les pompes magiques, ça ferait désordre !

— Je vois, dit la vendeuse. Parlez-moi de cet aquarium...

— Un instant !

Sabrina attrapa Salem par le cou au moment où il allait bondir sur Pin Daykam.

— Je voulais juste le voir de plus près, se défendit le chat.

Pour toute réponse, sa maîtresse l'emprisonna dans ses bras.

— Mon aquarium est rectangulaire... grand... transparent... posé sur une sorte de socle...

La commerçante sourit et arrêta l'apprentie sorcière :

— Beaucoup d'aquariums ressemblent à celui que vous me décrivez. Si on essayait plutôt la télépathie ?

Sabrina tâcha de se souvenir avec précision de l'objet. Elle ferma les yeux pour mieux se concentrer. Quand elle les rouvrit, son interlocutrice avait matérialisé devant elle un modèle réduit de l'aquarium de Mesmer.

— C'est ça, c'est exactement ça ! s'exclama-t-elle, admirative.

— Je vais travailler à distance, expliqua la marchande. Pendant que j'installe un système virtuel sur celui-ci, un autre, réel, s'installe sur le vôtre.

— Wouah ! souffla la jeune fille, impressionnée.

La femme qui lui faisait face devait être

une sorcière très puissante pour réaliser de tels exploits ! Elle bougeait légèrement les doigts. De minuscules tuyaux apparaissaient et s'emboîtaient les uns dans les autres.

— Il y a quelque chose d'étrange, dans votre histoire, souligna la commerçante tout en travaillant. On n'installe pas un système de filtrage magique sans raison.

— L'aquarium contient des poissons miniatures : peut-être qu'ils exigent un système particulier ? suggéra Sabrina.

Son interlocutrice secoua la tête :

— Non, non, je ne crois pas...

Brusquement, le modèle réduit s'éclaira. L'instant d'après, il disparut.

— Voilà, vous pouvez repartir l'esprit tranquille, lança la vendeuse en souriant.

— Pour le règlement, je...

— Tut, tut, tut, l'interrompit la femme. D'où venez-vous ?

— De Westbridge, aux États-Unis.

— Ah ! les États-Unis ! J'ai toujours rêvé d'y aller en vacances ! Si j'y vais un jour, je compte sur vous pour me faire rencontrer quelques sorcières sympathiques, d'accord ?

— Marché conclu !

Sabrina remercia la commerçante. Puis

elle se téléporta avec Salem au lycée, pour vérifier que tout était en état de marche. Stupéfaite, elle constata que les poissons semblaient encore figés.

« Mon sortilège d'endormissement ! » se rappela-t-elle.

Aussitôt, elle pointa l'index vers l'aquarium en chantonnant :

« Sortilège qui endort,
Ton effet est terminé ;
Et, puisque est fini le sort,
Montre, sac, tout disparaît ! »

Les poissons reprirent leur nage là où ils l'avaient arrêtée. Le filtrage fonctionnait bien !

— Dis, Sabrina..., grommela Salem, à l'étroit dans les bras de sa maîtresse. Je n'arrête pas de voir des poissons et mon estomac est vide. Tu vas continuer à me torturer longtemps ?

La jeune fille les téléporta chez elle. Elle aussi était fatiguée : il était tard, et elle commençait à en avoir assez, des poissons ! Pourtant, elle n'était pas au bout de ses peines, ni au bout de ses surprises...

11.

Jamais content !

Le lendemain matin, l'apprentie sorcière se dirigeait vers son casier quand une voix l'interpella :

— Ouh-ouh ! Sabrina !

C'était Valérie.

— M. Kraft te cherche partout.

— Super ! C'est pour m'autoriser à rentrer chez moi parce que je suis mignonne et sympa ?

— Je ne veux pas te saper le moral, mais ça m'étonnerait : il...

Valérie s'arrêta net : le proviseur arrivait en courant.

— Mademoiselle Spellman ! cria-t-il du plus loin qu'il aperçut Sabrina. Personne ne vous a signalé que je vous cherchais ?

— Si, Valérie vient de...

— Alors, qu'est-ce que vous attendez pour me chercher moi aussi ? Suivez-moi. Non ! Pas si près ! Vous avez une mine épouvantable. J'ai peur que vous ne soyez malade. Après Gordie et Desmond, je me méfie, figurez-vous !

M. Kraft avançait à grandes enjambées. Bientôt, Sabrina comprit où il voulait en venir... ou plutôt où il voulait aller. Le proviseur se dirigeait vers le bâtiment d'entretien. Il avait trouvé l'aquarium et s'était étonné qu'il fût déjà au lycée !

L'apprentie sorcière se mordit les lèvres. Elle aurait dû arriver en avance pour informer M. Kraft qu'elle avait déménagé l'aquarium. Il allait exiger des explications, et elle ne savait pas quoi inventer.

Le proviseur ouvrit la porte du bâtiment et alluma la lumière.

— Qu'est-ce que c'est que *ça ?* demanda-t-il.

— Euh... un aquarium ? risqua Sabrina.

— Je *sais* que c'est un aquarium, mais comment se fait-il qu'il soit *ici* ?

— Ce n'est pas là qu'il devait aller ?

lâcha l'apprentie sorcière, d'un air faussement naïve.

En prenant une profonde inspiration, M. Kraft s'approcha de la jeune fille pour lui crier sous le nez :

— *Je* pose les questions, *vous* y répondez, vu ?

— Vu, promit Sabrina en fronçant le nez.

L'haleine du proviseur était épouvantable ! Soudain, M. Kraft s'éloigna de cinq pas pour ne pas risquer d'être contaminé par la prétendue maladie de Sabrina.

— Alors ? reprit-il.

— Quand je suis rentrée chez moi, hier après-midi, j'ai trouvé un prospectus dans la boîte aux lettres, expliqua la jeune fille. C'était un déménageur qui venait de s'installer dans le coin et qui proposait ses services. J'ai pensé que je pourrais commencer par lui demander un devis à lui. Je lui ai raconté mon histoire. Il m'a répondu que, comme j'étais sa toute première cliente, il acceptait de faire le travail gratuitement !

— Et vous avez accepté ?

— Bien sûr ! Il ne fallait pas ?

— Vous êtes encore trop naïve, mademoiselle Spellman ! En général, ce qu'on fait gratuitement, on le fait mal. Enfin, j'ai l'impression que ce déménagement ne s'est pas trop mal passé... même s'il reste un problème.

Un problème ! Un frisson glacé parcourut la jeune sorcière : elle ne s'en sortirait donc jamais !

— Je vous ai dit de déménager l'aquarium, enchaînait déjà M. Kraft, pas l'aquarium *et* son contenu ! Voilà à quoi auraient dû servir les boîtes en plastique, si vous me les aviez commandées.

— Vous voulez que j'enlève les poissons ? Mais des boîtes en plastique n'auraient servi à...

— Arrêtez de m'interrompre en permanence ! Je ne veux pas seulement que vous enleviez les poissons, mais la cité antique, les algues : tout doit disparaître ! Quand l'aquarium sera vide, j'organiserai des reconstitutions de batailles ou de grands moments de l'histoire navale.

Très fier de son idée, le proviseur se mit à déambuler en gesticulant :

— Imaginez le *Titanic* qui vient de percuter l'iceberg... Braoum ! Chpaf ! Bing !

Au secours ! Chplof ! Trop tard ! Et tous les passagers dans la mer déchaînée ! Est-ce que vous imaginez, mademoiselle Spellman ?

— Euh, un peu, monsieur...

— Et les entrées payantes, est-ce que vous les imaginez ? Dix dollars plein tarif, neuf dollars et demi pour les enfants de moins de trois mois et les adhérents à l'association que je vais fonder. Avec un public fidèle de deux cents personnes, cela fait... beaucoup d'argent !

M. Kraft s'empara d'un escabeau et d'un seau. Il monta sur l'un et plongea l'autre dans l'eau tout en continuant :

— Alors, vous pensez bien que ce ne sont pas quelques bestioles qui vont m'empêcher de mener à bien ce projet !

Il remplit le seau et le tendit à Sabrina. Celle-ci l'attrapa. Surprise par le poids, elle manqua de renverser l'eau sur elle.

— Attention ! s'écria le proviseur en se reculant. Vous êtes d'une maladresse terrifiante, mademoiselle Spellman ! Je vous laisse continuer seule, mais, d'ici à la semaine prochaine, j'aimerais que l'aquarium soit vide, c'est clair ?

L'apprentie sorcière n'avait pas le choix. Elle acquiesça et s'assit sur l'escabeau, le seau sur les genoux. Désespérée, elle baissa la tête, et poussa un cri : dans l'eau, il y avait quelques algues, deux mini-requins... et trois sirènes !

12.

La fin des temps est proche...

— Incroyable ! murmura Sabrina.

Sous ses yeux ébahis, de petites sirènes frétillaient. Elles avaient un corps d'humain et une queue de poisson.

La jeune fille se rappela la remarque de la marchande de Hong Kong : on n'installe pas un système de filtrage magique sans une bonne raison. Mesmer en avait installé un pour ces créatures de l'Autre Royaume. Elles avaient sans doute besoin d'un dosage d'air très particulier.

La jeune fille se dépêcha de remettre poissons et sirènes d'où ils venaient.

« Est-ce qu'il y a beaucoup de sirènes dans cet aquarium ? » se demanda-t-elle.

Elle décida d'en avoir le cœur net. Mais, pour cela, elle devait d'abord trouver le bon sortilège ! Elle se concentra et chantonna :

« *Qu'une bulle d'air m'entraîne*
Vers le pays des sirènes ;
Qu'ainsi au sec, je respire,
Nageant selon mon désir. »

Un « poffffff » plus tard, elle se retrouva dans une bulle qui descendait doucement vers la cité. « C'est sûrement là qu'habitent les sirènes... », songea la jeune fille. À l'abri dans son espèce de sous-marin, elle vit un mini-requin foncer vers elle. La gueule de l'animal, pleine de petites dents pointues, s'ouvrit... et ne parvint pas à entamer la paroi, au grand soulagement de Sabrina.

Guidée par le sortilège, la bulle se dirigea vers les maisons à flanc de montagne. Un palais décoré de superbes mosaïques se cachait derrière une forêt d'algues. Des sirènes passèrent devant Sabrina à toute vitesse. Immédiatement, une troupe de tritons se précipita à la rencontre de l'intruse en agitant des tridents acérés. Sabrina pointa un index sur elle et chantonna de nouveau :

« Que je comprenne
Ce que diront
Et les sirènes
Et les tritons. »

À peine le sortilège prononcé, les mots des gardes parvinrent à l'apprentie sorcière :

— Halte ! Halte !

Sabrina s'immobilisa.

— Posez votre bulle dans la cour ! aboya le plus imposant des soldats. Et ne faites pas la maligne, nous vous avons à l'œil !

La jeune fille obéit, à peine étonnée d'entendre parler : après tout, c'était un aquarium magique ! Ce qui aurait semblé bizarre ailleurs était parfaitement normal ici.

Le chef porta une conque à sa bouche et lança :

— Alerte aux Tribuns ! Je répète : alerte aux Tribuns ! La fin des temps est arrivée.

Un petit bernard-l'ermite sortit du coquillage et fila à toute vitesse vers le palais. L'apprentie sorcière agita la main en direction des gardes :

— Bonjour ! Moi, c'est Sabrina. Et vous ?

— Je suis Amon Rahrah, tonna le triton. Je suis responsable de la sécurité du palais, commandant de la garde rapprochée du Tribun Suprême, et conseiller spécial de leurs Altesses Sérénissimes pour les Affaires militaires !

— Wouah ! Rien que ça ! s'exclama Sabrina. Je suis très flattée de vous rencontrer. Vous devez être quelqu'un de très important...

— Sans moi, ce monde ne serait plus, confirma modestement le triton.

Un soldat risqua une objection :

— Les Tribuns aussi sont...

— Sans moi, le coupa Amon Rahrah, les Tribuns seraient morts dix fois, entraînant ce monde à sa perte. Mon travail était d'assurer sa sécurité jusqu'à la fin des temps. Je suis fier d'avoir accompli ma tâche jusqu'au bout.

— Nous aussi, nous aussi ! piaillèrent les tritons.

— Silence ! rugit une voix grave et puissante.

Sabrina sursauta. Derrière son étrange comité d'accueil se tenaient deux autres tritons à l'allure imposante. Une sirène les accompagnait. Elle était parée de vêtements dorés et d'une coiffe scintillante.

— Veuillez excuser ces insolents, ô Annonciation ! lança l'un des nouveaux venus.

L'apprentie sorcière sourit :

— En fait, moi, c'est Sabrina, pas Annonciation.

— Je suis Bougon, Tribun Suprême et Premier Héritier du Trône de corail, continua son interlocuteur.

— Et moi, je suis..., dit l'autre triton.

— Laissez parler les femmes d'abord ! intervint la sirène en grande tenue. Je suis Surimipatropourri, la femme de cet imbécile, expliqua-t-elle en s'inclinant avec grâce.

— Qui est un imbécile ? siffla Bougon.

— Toi !

— C'est celui qui le dit qui l'est ! rétorqua le Tribun Suprême dignement.

— Et moi, je suis..., essaya de nouveau le troisième triton.

— Ça, c'est Phinikas, le coupa Surimipatropourri. Vous pouvez l'appeler Grand Vizir si vous voulez lui faire plaisir.

— Je suis ravie de faire votre connaissance, Grand Vizir, dit Sabrina.

— Pas autant que moi, ô Annonciation ! répondit cérémonieusement Phinikas.

— Je m'appelle Sabrina, pas Annonciation ! s'énerva la jeune fille. Pourquoi m'appelez-vous comme ça ?

— Nous vous avons reconnue, affirma Amon Rahrah. Le Récit des origines dit que la fin des temps commencera par une vive agitation. Ensuite, il ajoute que nous aurons du mal à respirer, que nous verrons de nouveaux visages géants et que certains sujets du Tribun Suprême seront enlevés. Alors apparaîtra l'Annonciation de la fin des temps... c'est-à-dire vous !

Sabrina ne sut quoi répondre. Pendant un long moment, elle se contenta de contempler ces créatures extraordinaires, auxquelles une foule de sirènes et de tritons vint se joindre. Tous paraissaient ravis et adressaient de grands signes d'amitié à la jeune fille... sauf ceux qui étaient trop occupés à se disputer.

— Et vous êtes contents que la fin des temps soit proche ? demanda l'apprentie sorcière quand elle retrouva l'usage de la parole.

— Bien sûr ! s'exclama Surimipatropourri. Nos plus grands savants se contredisent sans cesse à ce sujet. Nous allons enfin connaître la paix et le repos ! Vous savez, au début de notre histoire, notre peuple, les Keftious, vivait dans le désert. C'était un endroit horrible ! Aucun confort, de la poussière partout, et surtout pas une goutte d'eau.

— Alors, nous avons fait appel aux sorciers de l'Autre Royaume, et ils nous ont conseillé d'aller en Égypte, au bord de la Méditerranée, continua Phinikas. Et...

— Nous avons été mal accueillis, l'interrompit Surimipatropourri. Certes, nous sommes exigeants, mais que voulez-vous ? Nous sommes de grands artistes, et cela donne des droits ! Regardez notre cité, comme elle est bien construite ; admirez mes vêtements, comme ils sont finement brodés...

Sabrina dut reconnaître que les maisons des Keftious étaient magnifiques, et que la parure de Surimipatropourri était très belle.

— Les Égyptiens sont des gens grossiers, lança celle-ci : ils ont refusé de nous bâtir un palais qui donne sur la plage et où nous aurions pu créer dans de bonnes conditions !

— Nous nous sommes donc de nouveau adressés aux sorciers de l'Autre Royaume, pour qu'ils trouvent une solution à nos problèmes, poursuivit Phinikas. Et...

— Vous racontez mal, Phinikas, le coupa une fois de plus Surimipatropourri. Vous ennuyez l'Annonciation de la fin des temps !

— Non, c'est vous qui l'ennuyez !

— C'est vous !

Le Grand Vizir et la femme du Tribun Suprême se mirent à se taper dessus. Pendant que les soldats essayaient de les séparer, Bougon termina le récit :

— Les sorciers de l'Autre Royaume n'ont pas apprécié que nous les dérangions. Ils nous ont transformés en créatures marines, et nous ont installés dans les Eaux infinies, puis dans les Eaux dures. Depuis, nos savants discutent pour savoir si nous mourrons d'un coup ou à petit feu...

— D'un coup, c'est sûr, intervint Amon Rahrah.

— À petit feu, à petit feu, à petit feu, entonna un chœur de sirènes.

— Taisez-vous ! hurla Sabrina.

Brusquement, l'aquarium redevint silencieux. L'apprentie sorcière scruta ses interlocuteurs avec attention :

— L'aquarium... je veux dire les Eaux dures vont être vidées de leurs habitants. Réfléchissez ! Il doit bien y avoir un endroit où vous pourriez aller ! Si nous ne faisons rien, vous allez bientôt mourir !

Aussitôt, le brouhaha reprit :

— Hourra ! C'est bien l'Annonciation !

— Nous allons mourir d'un coup !

— Pas question ! Je veux mourir lentement !

« Ils sont fous, songea Sabrina en se zappant hors de l'aquarium. Ils sont fous et ils sont idiots. Je ne peux pas compter sur eux pour les aider. Hilda et Zelda seront contentes : une fois de plus, il va falloir que je fasse tout le travail moi-même ! »

13.

Une, deux, trois idées !

— Il faut que j'y arrive ! se dit tout haut Sabrina.

L'ennui, c'est qu'elle ne voyait pas de solution. Elle avait besoin d'aide. Or, ses tantes étaient bornées, le proviseur était têtu, les Keftious étaient insupportables. À qui Sabrina pourrait-elle demander conseil ?

Ce n'était pas la première fois qu'elle était confrontée à une situation difficile. Depuis qu'elle avait commencé son apprentissage de sorcière, elle avait souvent eu l'impression que tout était perdu. Jusque-là, elle s'en était toujours sortie, même lorsque ses tantes avaient été transformées en petits bébés et qu'elle avait été obligée d'inventer une potion hyper compliquée pour les sauver[1] ! Mais aujourd'hui...

Sabrina essaya d'appliquer les conseils du Maître de magie pour ce genre de circonstances : inspirer profondément pour retrouver un peu de calme, chercher l'ensemble des solutions possibles, y compris les plus invraisemblables, puis tenter de les mettre en application. La jeune fille se mit à réfléchir. Quelques minutes plus tard, elle avait trouvé trois idées.

Elle décida d'essayer la première d'entre elles : téléporter les sirènes et leur palais chez elle. Quand ses tantes verraient ces créatures, elles craqueraient, Sabrina en était sûre, et elles accepteraient certainement d'aider leur nièce. En quelques sortilèges, Zelda trouverait le moyen de débarrasser l'aquarium de ses habitants et de réinstaller poissons et sirènes dans un aquarium qui leur conviendrait. Quant à M. Kraft, il serait ravi !

1. Lire, dans la même série, *La Double Vie de Sabrina*, tome 13.

Sabrina pointa donc son index sur l'aquarium et chantonna :

« Qu'à l'instant la cité naine,
Les tritons et les sirènes,
Soient transportés chez Zelda,
Hilda, Salem, Sabrina ! »

Un « pofffff » plus tard, les maisons des sirènes étaient toujours là.

L'apprentie sorcière attendit un peu. Puis encore un peu. Mais rien, strictement rien ne se passa.

Sabrina était vexée : elle pensait maîtriser son sort de téléportation ! Elle chercha un autre sort dans sa tête et le lança :

« Qu'avec leur cité, les sirènes
Et les tritons soient transportés
Dans la demeure victorienne
Où j'ai la chance d'habiter ! »

— Aïe ! gémit-elle.

Un éclair blanc avait jailli de l'aquarium et lui avait envoyé une décharge dans la main. La jeune fille comprit ce qui était arrivé : la cité avait renvoyé la magie. « Elle doit être fixée à l'aquarium par un sortilège », conclut-elle.

Elle avait déjà vu ce phénomène. Un jour, Hilda avait essayé de téléporter une boîte de chocolats de Zelda dans sa chambre. Connaissant la gourmandise de sa sœur, Zelda avait pris la précaution de protéger la boîte avec un sortilège... et Hilda avait raté sa téléportation.

Sabrina était catastrophée. Un, sa première idée tombait à l'eau, c'était le cas de le dire ! Deux, si elle voulait sauver la cité et les Keftious, elle devait convaincre M. Kraft de renoncer à utiliser l'aquarium, puisqu'elle ne pouvait pas le vider.

C'était sa deuxième idée : amener le proviseur à renoncer à son projet. Impossible ? Le Maître de magie répétait toujours qu'il fallait *tout* essayer. Alors, Sabrina prit son courage à deux mains et marcha vers le bureau du proviseur.

En la voyant se diriger vers le Bureau infernal, comme les élèves l'appelaient entre eux, certains lycéens adressèrent un regard compatissant à l'apprentie sorcière. Être convoqué par M. Kraft, ils ne connaissaient rien de pire. S'ils avaient su que

Sabrina y allait de son plein gré, ils l'auraient sans doute prise pour une folle !

— Entrrrrrrez ! rugit M. Kraft en entendant frapper à sa porte.

Sabrina ouvrit la porte, terrorisée par la voix de stentor qui avait répondu. Ce qu'elle vit la figea d'horreur : le proviseur brandissait un sabre dans sa direction !

— Eh bien, ne restez pas là ! Entrez et expliquez-moi ce qui se passe : je n'ai pas toute ma vie à vous consacrer, mademoiselle Spellman.

L'apprentie sorcière avança, l'index prêt à l'usage : si M. Kraft essayait de la décapiter, elle le téléporterait aussi sec en plein pôle Nord ! Mais elle comprit que le proviseur n'avait pas l'intention de la tuer : il se servait de son sabre pour ouvrir son courrier.

« Chtaaac ! » fit la lame en découpant une enveloppe.

— Excusez-moi de vous déranger, commença Sabrina, mais je...

— Qu'est-ce qui se passe ? l'interrompit son interlocuteur.

— C'est... c'est à propos de... de l'aquarium, bégaya la jeune fille, désarçonnée. Il me semble qu'il... qu'il est fissuré...

— Quouah ? aboya M. Kraft.

— Oui... Il... il a une petite fissure qui... qui menace de s'agrandir... Enfin, ce ne serait pas prudent de l'utiliser. Il vaut mieux en acheter un autre.

Un lourd silence envahit la pièce. Le proviseur semblait sous le choc. Puis le sabre s'abattit violemment sur le bureau, et M. Kraft éclata d'un rire de dément. Sabrina le regarda en tremblant. Le visage du proviseur était écarlate, couvert de veines saillantes. Soudain, le proviseur brandit son sabre et le pointa de nouveau vers son interlocutrice :

— Mademoiselle Spellman, dit-il d'une voix rauque, cet aquarium était impeccable quand il était au manoir. Si votre déménageur à la noix l'a abîmé, c'est à lui de le réparer, et à vous de vous en occuper. Est-ce clair ?

— Oui, monsieur.

— Je n'ai pas fait venir cet objet au lycée pour *dépenser* de l'argent, mais pour en *gagner*. Est-ce clair ?

— Oui, monsieur.

— Je vais être encore plus précis : s'il y a des réparations à faire, faites-les, payez-les, ça ne me regarde pas. Je veux que l'aquarium soit vide et en parfait état lundi prochain. Est-ce clair ?

— Oui, monsieur.

— Et maintenant, rentrez chez vous ! Vous êtes blanche et vous tremblez : vous devez être malade et je ne veux pas que vous me contaminiez. Allez, disparaissez !

Sabrina se précipita hors du bureau du proviseur. Elle se téléporta chez elle dès qu'elle fut dans le couloir. M. Kraft ne voulait plus d'elle au lycée ? Très bien. Cela lui donnerait le temps d'essayer sa troisième idée. Puisqu'elle ne pouvait pas téléporter la cité, et puisqu'elle ne pouvait pas convaincre cette tête de pioche, il ne lui restait plus qu'une chose à faire : trouver le propriétaire de l'aquarium, Mesmer en personne, pour qu'il résolve lui-même les problèmes de ses créatures !

14.

Du rififi chez les Spellman

Dans le salon de la grande demeure victorienne, Hilda s'adonnait à son activité favorite : le zapping. Mais Sabrina remarqua que sa tante n'était pas dans son assiette. Les yeux dans le vague, elle tenait la télécommande à l'envers. Elle ne semblait pas s'en apercevoir et continuait d'appuyer rageusement sur les boutons, le visage crispé.

— Ça va, tante Hilda ?

— Non ! Et tu sais pourquoi ? Alors, demande à Zelda. Elle est tellement intelligente !

Hilda jeta la télécommande à ses pieds et la piétina. Sabrina chercha Zelda et la trouva dans la cuisine, en train de pianoter sur son ordinateur magique.

— Qu'est-ce qui se passe, tante Zelda ? s'enquit l'apprentie sorcière. Tu t'es disputée avec Hilda ?

— Non, pas vraiment..., affirma l'intéressée. C'est juste que... Tu sais que Hilda avait une audition de violon, aujourd'hui ?

— Oui. Ça n'a pas marché, je suppose ?

— En effet, et c'est un peu ma faute. J'avais forcé sur l'Huile de silence pour qu'elle puisse répéter sans nous esquinter les oreilles pendant la nuit. Résultat : aujourd'hui, le sortilège fonctionnait toujours, et pas un son ne sortait de l'instrument !

— Donc ce n'est pas *un peu* ta faute ; c'est *entièrement* ta faute ! s'exclama Sabrina, scandalisée.

— Si tu veux ; pour ma part, je pense que cela lui a évité de se ridiculiser.

— QUOI ? hurla Hilda en déboulant dans la pièce, télécommande au poing. Cela fait plus de six cents ans que je pratique le violon ; j'ai été la petite amie du plus grand luthier de tous les temps, Stradivarius lui-même ; Paganini a écrit des morceaux pour violon seul après m'avoir entendue jouer... et tu oses prétendre que je n'aurais pas été digne d'être nommée premier violon de l'orchestre symphonique de Fukuoka ?

— Hilda, calme-toi...

— Comment ça, « calme-toi » ? Mais il n'en est pas question ! Ah ! Quand il s'agit de donner des leçons aux autres, madame la plus grande sorcière de tous les temps est la plus forte, hein ? Par contre, reconnaître ses erreurs, ça, non, jamais ! Ce sont les autres qui sont nuls ! Zelda, je te hais, je t'exècre, je t'abomine et...

Et un tintamarre traduisit sa colère. Hilda se mit à zapper partout autour d'elle. « Craaaac », gémit la télécommande en explosant en mille morceaux ; « Badaboum », firent les casseroles en dégringolant sur le sol ; « Cling, cling, cling », soupira la vitre en se fendillant.

— Tiens, s'écria la sorcière, je préfère m'en aller avant de faire un malheur !

Pointant un index sur elle, Hilda disparut. Zelda regarda les dégâts, consternée, et sourit faiblement à Sabrina :

— Il vaut mieux que je coure après elle.

Quand Hilda est dans cet état, elle est capable de tout !

Et, à son tour, elle se téléporta.

Sabrina se retrouva seule. Elle ne s'attendait pas à un retour aussi agité ! « Je me demande comment réagiraient mes tantes si je me comportais comme ça à la moindre contrariété... », songea-t-elle, avant de conclure : « Vivement que j'aie six cents ans, que je puisse piquer de grosses colères à mon tour ! »

En attendant cette époque lointaine, elle monta dans sa chambre. Comme d'habitude, Salem était pelotonné sur son lit.

— Salem ! Tu connais la nouvelle ?

— Aaaaaah ! cria le chat en se cachant sous la couette. Au secours ! Qu'est-ce qui se passe ?

— C'est moi, Sabrina...

Salem émergea lentement, le poil en bataille.

— Tu sais bien que je ne supporte pas les réveils en fanfare !

— Et moi, je ne supporte pas que tu dormes sur mon lit, râla l'apprentie sorcière.

— De quoi voulais-tu me parler ? lança

le chat, jugeant plus prudent de détourner la conversation.

— Il y a des mini-sirènes dans l'aquarium de Mesmer.

— C'est tout ? C'est banal ! Des sirènes, j'en ai vu des milliards, dans l'Autre Royaume ! Et toi, tu me réveilles, alors que j'étais en train de rêver à mon fabuleux destin de maître du monde ?

— M. Kraft m'a demandé de vider l'aquarium, expliqua Sabrina. J'ai essayé de téléporter la cité et ses habitants ; impossible ! Un sort les lie à l'aquarium.

— Sans doute à cause du système de filtrage dont ils ont besoin, supposa Salem. Seul cet aquarium-là leur convient.

— C'est pour ça que j'ai essayé de convaincre M. Kraft d'acheter un autre aquarium, continua Sabrina. Ça n'a pas marché. Alors, j'ai pensé à quelque chose.

— Tu t'es dit : et si je demandais un conseil à Mesmer lui-même ?

La jeune fille ouvrit des yeux ronds :

— Oui ! Comment as-tu deviné ?

— Oh, je ne suis pas seulement beau et gentil, lâcha Salem, je suis aussi très intelligent.

— Et modeste, compléta Sabrina.

— Non, ça, je le laisse pour les autres : on ne peut pas avoir toutes les qualités !

— Tu as une idée de la marche à suivre ?

Le chat fronça les moustaches.

— Et si tu regardais dans ton manuel de magie ? suggéra-t-il.

Sabrina fonça vers son bureau, ouvrit le manuel à la table des matières, et repéra une ligne qui pourrait l'intéresser :

« Répertoire universel et intemporel des sorciers.................................. 562 »

Elle ouvrit le livre à la page indiquée. Là, elle trouva une adresse où on pouvait consulter ce répertoire. Peut-être, là-bas, quelqu'un aurait-il des nouvelles fraîches du sorcier disparu ?

Sans attendre, Sabrina saisit Salem dans ses bras et se téléporta au Bureau des renseignements. Le sort des Keftious était en jeu !

15.

Cherche Mesmer désespérément

Sabrina et Salem arrivèrent dans une grande pièce poussiéreuse et mal éclairée. Un vieil homme aux cheveux poivre et sel dormait derrière un guichet.

L'apprentie sorcière s'avança vers lui. Au-dessus de l'employé, une plaque en or annonçait :

M. TIKTAK CHRONOS **Deuxième sous-chef adjoint** **de la section Renseignements et accueil du public**

— Excusez-moi, murmura Sabrina.

— Plus fort, conseilla Salem. Sinon, il ne t'entendra pas.

— Excusez-moi, reprit Sabrina un ton plus haut.

— Plus fort, répéta Salem. Comment veux-tu qu'il...

— Je peux vous aider ? grogna Tiktak Chronos en soulevant une paupière.

L'apprentie sorcière tira la langue à son chat puis adressa son plus beau sourire à l'employé :

— Oui. Je m'appelle Sabrina Spellman et je...

— Un instant, marmonna Tiktak Chronos. Les putois ne sont pas autorisés à entrer ici.

— Je ne suis pas un putois, répliqua Salem.

— Les blaireaux aussi sont interdits.

— Je suis un chat, ignorant ! grinça Salem.

Simultanément, les poils du félin se hérissèrent et les sourcils de l'employé s'arquèrent. Sabrina jugea prudent d'intervenir.

— Salem n'est pas un vrai chat, expliqua-t-elle. C'est un sorcier auquel le Conseil a, comment dire ?... attribué une autre forme il y a quelques années. Monsieur Chronos, nous cherchons un sorcier disparu, et vous seul pouvez nous aider à le retrouver !

L'employé appuya sur une touche de son ordinateur et demanda :

— Nom ?

— Lequel ?

— Avec un « q » ou un « k » ?

— Non, je voulais dire : le nom de la personne disparue ou le mien ?

Tiktak Chronos poussa un long soupir et referma sa paupière :

— Mademoiselle, est-ce que vous êtes perdue ?

— Non...

— Donc vous n'avez pas besoin de moi pour vous retrouver, n'est-ce pas ?

— Non, non..., répondit Sabrina.

— Alors donnez-moi le nom de la personne que vous recherchez, pas le vôtre !

— Mesmer.

— Prénoms ?

— Austin Theobald.

— Ouh-là ! Pas si vite, malheureuse ! Épelez-moi ça.

Sabrina s'exécuta. Le vieil homme, avec un doigt, cherchait longtemps la bonne touche avant de taper. Il lui fallut cinq bonnes minutes pour écrire le double prénom de Mesmer.

— Adresse ?

— Ben... C'est ça, justement, le problème. Je ne la connais pas.

Tiktak Chronos entrouvrit sa deuxième paupière. C'était mauvais signe. Sabrina s'attendit à ce qu'il lui passe un savon... mais il se contenta de pousser encore un long soupir et referma sa paupière gauche.

— Dernière adresse connue ? reprit-il.

— Westbridge.

Cinq minutes plus tard, l'employé avait terminé de taper le nom de la ville. Il lança la recherche et fit la moue.

— Vous trouvez quelque chose ? s'inquiéta Sabrina.

— Non, dit le vieil homme. À part le Mesmer de Westbridge, je n'ai rien.

L'apprentie sorcière se mordit les lèvres : sa dernière idée avait échoué comme les autres !

— Il y a une possibilité, remarqua Tiktak Chronos. Si votre Mesmer n'a pas reparu à son domicile depuis longtemps, vous êtes en droit de signaler sa disparition. Il vous suffit de remplir le questionnaire B 263635zt, lequel vous permettra ensuite d'accéder à la fiche de renseignements TKN9-718, qui à son tour vous autorisera à compléter le formulaire G 5 bis nouvelle formule.

— Et tout ça pour quoi ? demanda Sabrina.

— Vous m'écoutez, parfois, jeune fille ? s'enquit le deuxième sous-chef adjoint en haussant la voix. Pour signaler la disparition de la personne que vous recherchez. Tenez, voici un stylo et le premier questionnaire.

La jeune fille s'empara du document que lui tendait l'employé. Elle jeta un coup d'œil dessus, et sentit le découragement la reprendre : elle devait décrire Mesmer par le menu, détailler son âge, son signe astrologique, sa taille, son poids, la couleur de ses yeux et de ses cheveux, sa pointure ; elle devait aussi répondre à des questions subsidiaires, comme « Quel est son plat préféré ? » et « S'il était une chose, serait-il plutôt un papillon ou une table ? ». Elle rendit le papier à Tiktak Chronos.

— Désolée, je ne peux pas y répondre,

dit-elle. Je reviendrai peut-être quand j'aurai retrouvé celui que je cherche !

— Mademoiselle, seriez-vous en train de vous moquer de moi ? siffla l'employé.

— Moi ? fit Sabrina, surprise. Pas du tout !

« D'autant que j'ai encore besoin de vos lumières », ajouta la jeune fille en silence.

— J'avais une autre recherche à vous confier, enchaîna-t-elle.

— Encore quelqu'un que vous avez perdu ? grimaça Tiktak Chronos. Vous êtes vraiment tête en l'air, mademoiselle !

Un tremblement le secoua, accompagné d'un grognement : le deuxième sous-chef adjoint riait de sa blague idiote. Sabrina grimaça et dit :

— C'est à propos de...

— J'espère que ce n'est pas trop compliqué, la coupa Tiktak Chronos. On ferme dans cinquante-deux minutes trente secondes.

— Non, c'est très simple. C'est à propos de...

— Qu'est-ce que vous en savez, si c'est simple ou pas ? rétorqua l'employé. Si c'était aussi simple que vous l'affirmez, vous n'auriez pas eu recours à moi, hein ? Arrêtez donc de parler pour ne rien dire, et expliquez-moi votre problème.

— C'est à propos d'un peuple, les Keftious.

— Ouh-là ! lâcha Tiktak Chronos. Un peuple ! Voilà ce que je redoutais : ils ne sont pas encore sur l'ordinateur central.

Après plusieurs tentatives, le vieil homme parvint à se lever dans un grand craquement d'os. Il se dirigea à pas comptés jusqu'à une armoire métallique. Il farfouilla longuement, et dégagea un gros classeur plein de poussière. Par un effort surhumain, l'employé réussit à regagner sa place. Il ouvrit le classeur, et aussitôt en sortit... une souris !

« Skwik ! skwik ! » gémit celle-ci en s'enfuyant à toutes petites pattes. Elle avait visiblement dégusté quelques pages du classeur, mais rien de grave : le vieil homme finit par trouver « Keftious » dans son tas de paperasses.

— Keftious... Peuple d'origine phénicienne... Habitants de l'île perdue de l'Atlantide...

Sabrina s'appuya sur le guichet : la cité

dans l'aquarium, c'était l'Atlantide ! La grande, la légendaire île de l'Atlantide ! Mesmer l'avait réduite, sans doute pour la conserver à l'abri dans un aquarium. L'apprentie sorcière voulut vérifier :

— Elle est où, cette cité perdue ?

— Une personne, un peuple, une île..., gronda Tiktak Chronos en ouvrant deux demi-paupières furieuses. Vous croyez que je n'ai que ça à faire : vous répondre ? J'ai du travail, moi ! Et en plus, je dois fermer.

— Mais vous m'avez dit tout à l'heure que vous aviez encore plus de cinquante minutes avant de fermer...

— Et alors ? Le temps que je vous dise au revoir, que je remette le classeur à sa place, que j'éteigne l'ordinateur, que je range mon guichet, et que je ferme mon bureau, croyez-moi, j'en ai bien pour cinquante minutes !

L'apprentie sorcière comprit qu'elle ne tirerait rien de plus du vieux ronchon. Elle empoigna Salem et se zappa à Westbridge : elle aussi, elle avait du travail en perspective !

16.

Dur, dur d'être une sirène !

Le lendemain matin, la grande demeure victorienne était étrangement silencieuse lorsque Sabrina se leva. Elle n'avait pas entendu rentrer ses tantes, la veille au soir. Elle constata, stupéfaite, que Salem avait dormi dans la cuisine. Depuis que Hilda s'était offert un nouvel édredon tout chaud, tout beau, il préférait passer ses journées dans la chambre de Sabrina, et ses nuits sur l'édredon de sa tante !

— Qu'est-ce que tu fabriques ici ? demanda Sabrina à son chat. Hilda t'a mis à la porte ?

— Elle n'est pas rentrée cette nuit.

— Et Zelda ?

— Non plus. La dernière fois qu'elles se

sont disputées comme ça, elles ont mis une semaine avant de se réconcilier.

« Bien fait pour elles ! songea l'apprentie sorcière. Elles n'avaient qu'à pas commencer avec leur Huile de silence ! De toute manière, elles ne me sont pas très, très utiles... »

L'apprentie sorcière déjeuna sur le pouce et se prépara en un clin d'œil à partir au lycée. Puis elle se zappa auprès de l'aquarium. Elle avait décidé de tenter une dernière intervention auprès des Keftious. S'ils comprenaient la gravité de la situation, ils accepteraient sans doute de l'aider !

Sabrina ferma les yeux. Elle allait prononcer un sort qui la transformerait provisoirement en sirène, et ce n'était pas facile ! Elle se concentra très fort, puis chantonna :

« Dans cette antre à poissons, je veux être sirène ;
Je veux nager et, bien sûr, respirer sans peine ;
Je voudrais aussi, quand l'envie m'en prendra,
Sortir et me retransformer en Sabrina ! »

Poffff ! Aussitôt chantonné, aussitôt exaucé : l'apprentie sorcière se retrouva dans l'eau et... sans jambes ! À la place, elle avait une longue queue couverte d'écailles verdoyantes qui se balançait doucement. Elle portait un haut de bikini composé de deux coquilles Saint-Jacques attachées par deux rangées de perles. « Pas aussi chic que Surimipatropourri, mais mignon quand même ! » jugea-t-elle.

Elle avait rapetissé. À présent, elle était de la taille des Keftious. Elle pensa que ce serait plus facile pour discuter.

Soudain, une ombre passa au-dessus d'elle : le mini-requin qui avait essayé de mordre sa bulle d'air hier passait de nouveau à l'attaque.

— Toi, mon ami, tu es têtu ! murmura la jeune fille.

Elle pointa son index vers l'animal. Les ondes répulsives qu'elle lui envoya projetèrent le poisson à l'autre bout de l'aquarium. « Heureusement que ma magie fonctionne même quand je suis déguisée ! » se dit-elle. Elle décida de s'en servir pour attirer l'attention des Keftious.

Tout en avançant vers la cité, elle traça un cercle autour d'elle avec ses bras. Une vive lumière l'environna, et l'eau se mit à frémir sous l'effet d'un courant puissant. Les soldats tritons ne tardèrent pas à sortir du palais pour nager à sa rencontre.

— L'Annonciation de la fin des temps ! cria l'un.

— Elle est revenue ! s'inquiéta l'autre.

Les gardes levèrent leur harpon, prêts à frapper. Amon Rahrah, qui arrivait derrière eux, leur ordonna d'attendre.

— Que nous voulez-vous, cette fois ? demanda-t-il à Sabrina.

— Comment oses-tu m'adresser la parole sur ce ton, misérable gnome des mers ? répondit Sabrina en lançant des éclairs.

Stupéfait, le chef des gardes balbutia :

— Mais... hier, vous... Vous nous avez...

— Hier, c'était hier, le coupa l'Annonciation. Le temps passe et presse. Vous allez mourir !

— Ouais, génial ! s'enthousiasmèrent les soldats. On va mourir ! Trop cool !

« C'est reparti ! » se lamenta l'apprentie sorcière.

— Place ! hurla soudain la voix de Phinikas. Place au Tribun Suprême et au Grand Vizir !

Les deux dignitaires approchaient. Ils

portaient tous les deux une tenue pourpre qui scintillait dans la lumière. Le Tribun portait une couronne décorée avec des minéraux brillants dont les couleurs chatoyaient. Sabrina admira la beauté de ces ornements. « Dommage que les Keftious soient comme tant de grands artistes : insupportables ! » songea-t-elle.

— Ainsi donc, vous êtes revenue, bougonna Bougon.

— Silence, histrion des profondeurs ! reprit Sabrina. Je suis venue t'apprendre la mort prochaine de ton peuple.

— Chic-chic-chic ! s'enthousiasma le Tribun.

— Es-tu sûr de n'avoir aucun regret ?

Bougon prit le temps de réfléchir. Il se pencha vers le Grand Vizir et discuta avec lui à mi-voix avant de se relever et de lancer :

— Eh bien, si, Annonciation. Nous avons un regret. Nous aurions aimé revoir les Eaux infinies où nous vivions jadis. Oh, tout n'y était pas parfait, et nous avons souvent suggéré des améliorations aux Sorciers de l'Autre Royaume. Mais ce n'était pas si mal...

« Les Eaux dures désignaient l'aquarium ; donc les Eaux infinies, c'est sûrement l'océan ! » décrypta Sabrina. Mais de quel océan voulait parler le Tribun Suprême ?

— Si le Visage Géant était reparu, continua Bougon, je lui aurais sans doute communiqué notre dernière volonté. Mais voilà si longtemps qu'il a déserté le Mur Sacré...

« Le Visage Géant, à tous les coups, c'est Mesmer, comprit l'apprentie sorcière. Il devait communiquer avec eux en se faisant passer pour une divinité ! »

Avant que la jeune fille ait pu approfondir la question, une énorme vague secoua l'aquarium, et l'apprentie sorcière se sentit balancée dans les airs. Très vite, elle eut l'impression d'étouffer et dut pointer un index sur elle pour annuler son sort.

Un « pofffff » plus tard, elle avait retrouvé forme humaine, mais elle était étalée de tout son long dans une flaque d'eau. Ébahie, elle regarda au-dessus d'elle et vit le proviseur qui la regardait avec des yeux exorbités. Elle devina ce qui s'était passé : M. Kraft avait voulu accélérer la vidange de l'aquarium ; il avait donc plongé le seau et attrapé Sabrina par hasard. Quand celle-ci s'était retransformée en humaine, elle avait renversé le seau, qui s'était vidé sur le sol...

— Bonjour, monsieur ! lança la jeune fille sur un ton jovial. Merci pour votre aide, mais ne vous inquiétez pas : je vais vider l'aquarium moi-même d'ici à la semaine prochaine, c'est promis.

— Mademoiselle Spell... Spellman ? bégaya-t-il. D'où... d'où sortez-vous ?

— Je viens d'arriver et j'ai glissé en entrant...

Sabrina sentit qu'elle n'était pas très convaincante ; hélas, rien d'autre ne lui vint à l'esprit.

Aussi éberlué qu'elle, M. Kraft hochait la tête. Il n'en croyait pas ses yeux. Il était irritable, antipathique et souvent mal luné, mais il n'était pas stupide — enfin, pas complètement. Il sentait que quelque chose lui échappait ; et il n'aimait pas ça.

Lorsqu'il recouvra ses esprits, il hurla :

— Vous êtes trempée ! Vous allez attraper une maladie et me la refiler ! Rentrez chez vous pour vous sécher ! Je vous l'ai déjà dit : je ne supporte pas les gens malades. Et un conseil : mettez-vous sérieusement au travail. Si cet aquarium n'est pas vidé dans les jours qui viennent, je... je...

Il chercha un moment une sanction spectaculaire. Tout ce qu'il trouva fut :

— Vous verrez, vous verrez bien ce qui vous arrivera ! Comptez sur moi !

Il quitta le bâtiment d'entretien à grands pas. L'apprentie sorcière se passa une main sur le front. « Si le proviseur savait à quel point j'aimerais en avoir fini avec cet aquarium de malheur, il ne serait peut-être pas aussi désagréable. »

En attendant, il ne lui restait plus qu'à rentrer... et trouver une solution pour transporter les Keftious dans les Eaux infinies. La jeune fille avait encore du pain sur la planche !

17.

Coup de chance !

— Salem ! Salem ! Tu ne vas jamais me croire !

Le chat noir somnolait sur le lit de Sabrina. Il sursauta quand l'apprentie sorcière fit irruption dans sa chambre.

— Laisse-moi deviner ! lança-t-il. Tu as décidé que, à partir de demain, tu me laisserais dormir tranquille ?

Il fronça les moustaches et lâcha :

— Non, effectivement, je ne te crois pas.

Son petit air paresseux commençait à agacer Sabrina. Pourquoi feignait-il sans arrêt de ne rêver qu'à manger et dormir ? Il valait mieux que ça ! Comme elle avait besoin de ses conseils, elle lui résuma la situation sans le provoquer.

— Tu te rends compte, conclut-elle, M. Kraft veut que je détruise l'île perdue de l'Atlantide !

— Bof, si tout le monde croit qu'elle est perdue, tu n'auras qu'à dire que tu ne l'as pas vue...

— Mais il y a les Keftious ; à l'intérieur, je dois les sauver ! rappela l'apprentie sorcière.

— Ça va, ça va, pas la peine de crier ! On ne peut plus plaisanter, dans cette maison.

Il réfléchit quelques secondes et suggéra :

— Téléporte l'aquarium.

— Je ne peux pas : M. Kraft en a besoin, et j'en suis responsable. S'il disparaît, il me le fera payer... au sens propre et au sens figuré.

— Alors, déplace la cité.

— Je ne peux pas non plus, rappelle-toi : elle est liée à l'aquarium par un sortilège.

— Et si tu déplaçais le fond de l'aquarium où se trouve la cité ?

— Comment ça ? s'étonna Sabrina.

— Mesmer n'a sûrement pas lié la cité à l'aquarium entier !

— Tu as raison... Mais il faut que je

mette un autre fond à la place, sinon toute l'eau se répandra... et je serai bonne pour racheter un aquarium au lycée !

L'apprentie sorcière essaya de résumer ce qu'elle devait faire :

— Je lance un sort pour créer un nouveau fond ; un autre pour l'échanger avec celui qui existe ; encore un autre pour détacher la cité, ses habitants et, tant que j'y suis, les poissons ; encore un autre pour les mettre dans une bulle ; encore un autre pour qu'ils retrouvent leur taille normale et puissent survivre dans l'océan ; et encore un autre pour les téléporter avec leurs villas jusqu'à... jusqu'où, Salem ?

— D'après toi, l'Atlantide se trouvait dans quel océan ? Dans l'océan At... Atlan...

— Euh... Bien sûr, dans l'océan Atlantique !

— Bingo !

Sabrina se rendait compte de l'horreur de la situation : jamais elle n'arriverait à combiner cinq sorts à la fois ! À moins que...

Elle pointa un index sur elle et se téléporta dans la cuisine. Là, pour la première fois depuis le début de la semaine, elle se dit qu'elle avait de la chance. Zelda était partie à la poursuite de Hilda en laissant son ordinateur magique allumé. Elle n'aimait pas qu'on y touche, mais Sabrina n'avait pas le choix : seul un logiciel de traitement de sorts était capable de résoudre son problème. Et puis, elle avait déjà eu l'occasion de l'utiliser, et elle s'en était brillamment sortie[1] !

L'apprentie sorcière tapa sur la barre d'espace, et l'écran de veille disparut. Elle n'avait plus qu'à double-cliquer sur le logiciel Ensorceleur 2002 et à lister les sorts qu'elle voulait combiner, en espérant qu'ils seraient compatibles. Elle envoya sa demande. L'ordinateur ronronna quelques secondes, puis délivra la formule magique, en langage codé :

« *Cryptoblabla toktok vrououm,*
Trictractroc vlaboumdingue fuzz,
Chklingzoubzoub badaboum,
Slurpvricvrac niquedouille et buzz ! »

1. Lire, dans la même série, *La Double Vie de Sabrina*, tome 13.

Sabrina la répéta jusqu'à la savoir par cœur. Ce ne fut pas une mince affaire ; mais, quand elle y parvint, elle murmura :

— Maintenant, ça va être du gâteau !

— À propos de gâteau, susurra Salem, qui l'avait rejointe dans la cuisine, j'ai comme qui dirait un petit creux. Je croquerais bien quelques cookies.

Sabrina crut qu'elle allait exploser de colère : les Keftious et l'île de l'Atlantide étaient en danger, et cette boule de poils ne pensait qu'à manger ! Pourtant, elle devait reconnaître que c'était grâce à Salem qu'elle avait trouvé la solution. Elle lui zappa donc quelques gâteaux puis se téléporta devant l'aquarium.

Avant toute chose, elle devait retourner auprès des Keftious pour leur expliquer ce qui allait se passer. Après quoi, elle pourrait les accompagner, s'assurer que tout allait bien, puis rentrer chez elle et reprendre enfin sa vie de lycéenne...

18.

Le grand voyage

Visiblement, M. Kraft avait profité de l'absence de Sabrina pour continuer le massacre : dans l'aquarium, le niveau de l'eau avait baissé, et certaines villas de la cité étaient abîmées.

L'apprentie sorcière hésita avant de prononcer le sortilège qui devait replacer les Keftious dans leur emplacement d'origine. Si elle échouait, ou si l'ordinateur s'était trompé, elle resterait dans l'histoire comme celle qui avait détruit l'Atlantide ! Mais ce n'était plus le moment de reculer. La jeune fille prit une profonde inspiration et chantonna le sort qui la transformait en sirène :

« Dans cette antre à poissons, je veux être sirène ;
Je veux nager et, bien sûr, respirer sans peine ;
Je voudrais aussi, quand l'envie m'en prendra,
Sortir et me retransformer en Sabrina ! »

Première partie de la mission réussie : un « pofffff » plus tard, elle était dans l'eau, sous sa forme de sirène. La suite de sa mission consistait à réunir les Keftious et à les informer de ce qui allait se passer.

Sabrina se dirigea vers la cité, où le peuple au grand complet semblait l'attendre.

— Vous êtes fière de vous ? lui lança Bougon. Les appartements royaux ont failli être détruits, et la fin des temps n'est pas arrivée !

— J'ai été dérangée pendant ma séance de broderie ! se lamenta Surimipatropourri, qui se tortillait dans une sorte de kimono satiné. Et je ne suis même pas morte...

— Silence ! s'écria l'apprentie sorcière en jetant des éclairs. Écoutez-moi tous, tritons et sirènes ! Dans une minute, vous nagerez dans les Eaux infinies.

— Mouais, des promesses, toujours des promesses, marmonna Amon Rahrah.

— Venez tous sur cette place, et vous verrez si je vous mens !

Les Keftious se regardèrent entre eux sans savoir que faire.

— Bof, après tout, qu'est-ce qu'on risque ? demanda l'un.

— On y va ! lança un autre.

Alors, ils se rassemblèrent sur la grande esplanade du palais. « Ils sont d'accord ! s'étonna l'apprentie sorcière. C'est un miracle ! » Avant qu'ils ne recommencent à se disputer, elle se dépêcha de chantonner :

« *Cryptoblabla toktok vrououm,*
Trictractroc vlaboumdingue fuzz,
Chklingzoubzoub badaboum,
Slurpvricvrac niquedouille et buzz ! »

Et *poffffff* !

L'instant d'après, Sabrina était au fond de l'océan. Elle avait toujours le corps d'une sirène, mais elle avait grandi. Elle regarda autour d'elle : l'eau était beaucoup plus sombre que dans l'aquarium, mais l'apprentie sorcière vit que les Keftious aussi avaient retrouvé une grande taille.

« Vive l'ordinateur de tante Zelda ! » pensa-t-elle.

Elle ferma les yeux et se laissa bercer par le rythme des courants et la fraîcheur de l'eau : comme elle était sirène, elle trouvait cela délicieux... Mais des cris mirent fin à son bonheur. Elle entendait des vociférations monter de la place du palais :

— C'est une honte !

— Je suis scandalisé !

— Comment voulez-vous que je crée avec si peu de lumière ?

— Mes chers sujets..., commença le Tribun Suprême d'une voix peu assurée.

Il fut aussitôt conspué par la foule en colère :

— Ououououh ! Tuons le Tribun Suprême !

— Gardes ! hurla Amon Rahrah. À vos postes !

— ON SE CALME ! s'époumona Sabrina.

Et elle zappa une vive lumière sur l'assemblée.

— C'est elle, la fautive ! lança courageusement Bougon. C'est elle qu'il faut tuer !

L'apprentie sorcière sentit qu'elle devait

reprendre la situation en main. Elle chantonna :

« Que je parle plus fort au fond de l'océan
Que ce peuple pénible et toujours mécontent ! »

— Vous êtes de retour dans les Eaux infinies, expliqua la jeune fille sur un ton posé. C'est un grand changement, mais je suis sûre que vous vous y ferez. En plus...

Sans attendre qu'elle ait terminé, tous les Keftious lui tournèrent le dos : ils boudaient. Et c'est alors que le sol trembla. Les courants sous-marins devinrent soudain très violents. Tritons et sirènes filèrent se réfugier dans le palais. Sabrina se mêla à eux.

— Je voulais vous aider, expliqua-t-elle à l'un d'eux.

— Vous voyez le résultat, lui rétorqua celui-ci.

Aussi brusquement qu'il avait commencé, le séisme cessa. Les Keftious sortirent du palais... et l'un d'eux cria :

— Le Visage Géant ! Le Visage Géant est là ! Nous sommes revenus dans les Eaux dures !

Le découragement s'empara de l'apprentie sorcière : son sort s'était-il inversé ? Elle suivit la foule et aperçut, en effet, le visage d'un vieil homme. Elle se rendit compte aussi qu'elle avait rapetissé.

— Venez, vous..., dit le Visage en regardant fixement Sabrina. J'ai à vous parler.

La jeune fille s'approcha de la paroi.

— Non, je veux vous parler en tête à tête ; sortez de là !

Étonnée, l'apprentie sorcière se zappa. Elle s'attendait à se retrouver au lycée ; en réalité, elle atterrit dans une pièce spacieuse. Par terre, une épaisse moquette ; aux murs, des tableaux et des étagères couvertes de livres poussiéreux ; aux fenêtres, de lourdes tentures ; et, derrière un bureau en bois massif, un homme aux cheveux gris et aux rides prononcées.

— Monsieur Mesmer ! s'écria Sabrina.

19.

L'heure des explications

— Oui, c'est bien moi, confirma le vieil homme en souriant. Et vous, qui êtes-vous et que fabriquez-vous dans mon aquarium ?

— En fait, je... Je m'appelle Sabrina Spellman. Je suis sorcière par mon père et mortelle par ma mère.

— Une demi-sorcière, donc... Comment avez-vous réussi à vous immiscer parmi les Keftious ?

— C'est une longue histoire, prévint l'apprentie sorcière.

— J'adore les histoires, affirma M. Mesmer. Racontez-moi la vôtre, je vous raconterai la mienne. Mais d'abord, asseyez-vous, je vous prie.

La jeune fille s'installa dans le fauteuil que lui désignait son interlocuteur. Puis elle raconta son aventure :

— Tout a commencé la semaine dernière. Vous aviez disparu depuis presque sept ans, et M. Kraft, le proviseur de notre lycée, a décidé de prendre possession de vos collections un peu en avance. Il pensait que vous ne rentreriez plus. J'ai été chargée de déménager l'aquarium et de le vider. J'ai téléporté l'objet au lycée, et c'est alors que je me suis rendu compte qu'il abritait des sirènes et des tritons ! Je suis allée rencontrer ces Keftious pour essayer de les comprendre... et, comme ils semblaient vouloir retourner dans l'océan, je les ai télportés là-bas. Mais comment se fait-il que...

— Que vous soyez ici ? compléta M. Mesmer. À mon tour de vous raconter mon histoire. Les Keftious, ainsi que vous avez dû le constater, sont des êtres très difficiles à contenter. Cela dit, à mon avis, ce sont de grands artistes ; j'ai donc accepté de m'occuper d'eux, vu que plus personne n'en voulait. En récompense, le Conseil des sorciers m'accorde sept ans de vacances tous les mille ans. Hélas, je n'avais pas pensé que, de nos jours, une absence aussi longue finirait pas être signalée. Résultat : il s'en est fallu d'un chouïa que l'Atlantide cesse d'exister ! Je vous dois une fière chandelle.

— Pourquoi dites-vous que plus personne ne voulait des Keftious ? s'étonna Sabrina.

— Parce que c'est vrai ! Ils sont in-sup-por-tables ! Depuis qu'ils existent, ils n'attendent qu'une chose : la fin des temps. Ils ne pensent qu'à ça, et à se disputer – vous vous en êtes sans doute rendu compte. Saviez-vous qu'il y a très, très longtemps, ils vivaient dans l'Autre Royaume ? Ils n'arrêtaient pas de se plaindre et de protester, à propos de tout et de n'importe quoi. Le Conseil des sorciers en a eu assez et a décidé de les transférer chez les mortels. Ça ne s'est pas arrangé : en Égypte, en Antarctique, et même sur l'île de l'Atlantide, ils arrivaient à se brouiller avec les habitants, humains ou animaux.

— Ils m'ont raconté à peu près la même chose, mais ils ne m'avaient pas expliqué pourquoi ils avaient autant voyagé ! observa Sabrina.

— En désespoir de cause, le Conseil a immergé l'île de l'Atlantide et a transformé les Keftious en sirènes, continua M. Mesmer. Peu de temps après, rebelote : cette fois, les poissons en avaient assez de ces capricieux personnages ! Le Conseil a jugé qu'ils ne pouvaient pas infliger à ces animaux ce qu'eux-mêmes n'avaient pas supporté. Ils ont donc réduit puis téléporté les Keftious et leur cité dans un aquarium. Ensuite, ils ont cherché un sorcier qui accepterait de veiller sur leur sort... Voilà comment j'en suis devenu le gardien.

— Et vous, ils ne vous dérangent pas ?

— Non. Le manoir est grand : quand ils m'agacent, je vais me réfugier dans une autre pièce, au calme. Et puis, ce sont des artistes. Ils créent des œuvres magnifiques. Et, quand on coupe le son, ce sont des créatures splendides.

L'apprentie sorcière opina de la tête :

— Il reste un dernier point à éclaircir..., dit-elle après un moment de silence.

— Lequel ?

— Que s'est-il passé quand j'ai téléporté l'Atlantide dans l'océan ?

— Ah ! Eh bien, le Conseil des sorciers s'est aperçu de votre intervention. Il m'a demandé de m'en occuper. J'ai donc contré votre sort, installé un nouvel aquarium dans la pièce où l'ancien se trouvait, et replacé les Keftious dedans. De toute manière, mes vacances étaient presque finies, alors... Tenez, aimeriez-vous voir nos amis, maintenant qu'ils sont de retour ?

— Bien sûr ! répondit Sabrina.

M. Mesmer dessina un rectangle derrière lui. Comme au cinéma, la place du palais aquatique apparut sur l'écran magique. Les Keftious étaient rassemblés autour d'une statue qui représentait... Sabrina en sirène ! Phinikas, en grande tenue, semblait terminer son discours :

— C'est pourquoi, ô Annonciation de la fin des temps, au nom de notre peuple ici réuni, au nom du Tribun Suprême et en mon propre nom de Grand Vizir...

— Et au nom de Surimipatropourri ! lança une voix dans les loges d'honneur.

— ... je ne vous dis pas bravo, continua Phinikas sans s'émouvoir, mais je vous dis merci.

Les quelques Keftious qui ne s'étaient pas assoupis applaudirent un peu... puis sortirent de leur torpeur et se mirent à protester :

— Ce n'était pas l'Annonciation de la fin des temps !

— Si !

— Non !

— Si !

— Non !

Le sorcier zappa l'écran magique, qui disparut.

— C'est reparti, commenta-t-il avec une moue résignée.

Sabrina était touchée que des artistes aussi doués aient sculpté une statue en son honneur.

— S'ils avaient su me dire merci de vive voix, je crois que j'aurais accepté d'oublier les ennuis qu'ils m'ont valus, remarqua-t-elle.

— Hum ! fit M. Mesmer en grimaçant. Le jour où les Keftious diront merci, c'est que la fin des temps sera vraiment venue !

Sabrina sourit. Elle avait accompli sa mission, auprès de M. Kraft et auprès des Keftious. Mais tout n'était pas terminé pour autant...

20.

Jour de gloire pour M. Kraft

Quelques semaines plus tard, une foule bruyante se pressait au lycée de Westbridge. Il y avait là la plupart des élèves et des professeurs, leurs familles, les autorités municipales et tout ce que la ville comptait de personnalités.

Entourée de Valérie et Harvey, Sabrina regrettait que ses tantes ne soient pas là... jusqu'à ce qu'elle les aperçoive, en grande discussion avec M. Mesmer.

— Hilda nous avait habitués à mieux, commenta Valérie.

— Ouais, depuis quand tes tantes sortent avec des fossiles humains ? se moqua Harvey.

— Ce fossile humain, c'est M. Mesmer, rétorqua Sabrina.

— Hein ? Je croyais qu'il avait disparu !

— Tu n'étais pas le seul, le rassura l'apprentie sorcière.

M. Kraft aussi avait eu un sacré choc en apprenant que le propriétaire du manoir était revenu avant que les sept ans fussent écoulés. Mais M. Mesmer l'avait appelé pour le rassurer. Il avait dit qu'une élève du lycée, Sabrina Spellman, était venue le voir. Elle l'avait convaincu que ses collections seraient mieux mises en valeur dans le lycée dirigé par M. Kraft.

Peu après, Sabrina avait été convoquée dans le Bureau infernal. M. Kraft l'avait félicitée pour avoir su vider l'aquarium dans les temps, et surtout pour avoir persuadé M. Mesmer de laisser ses trésors au lycée. Trop heureux de s'en tirer à si bon compte, il avait évité d'entrer dans les détails et de poser trop de questions. Il avait même promis à la jeune fille une bonne note en économie et en « comportement et vie sociale ». « Ça ne fera pas de mal à ma moyenne », avait songé Sabrina, qui n'avait pas eu beaucoup de temps pour travailler, ces derniers jours...

L'apprentie sorcière abandonna un instant ses amis pour se diriger vers ses tantes. Dès qu'elle la vit, Zelda ouvrit les bras et serra très fort sa nièce contre elle :

— Sabrina ! Mon amour ! Ma chérie ! Austin Theobald nous a tout raconté : tu as été merveilleuse !

— Oui, merveilleuse, c'est le mot, n'est-ce pas, Austin Theobald ? renchérit Hilda en roucoulant.

M. Mesmer approuva. La jeune fille leva les yeux au ciel : Hilda ne pouvait jamais s'empêcher de draguer !

— Vous ne m'avez pas beaucoup aidée..., se plaignit Sabrina à ses tantes.

— Non, mais tu as remarqué ? nous avons annulé le sortilège de l'Huile de silence.

— Et puis, tu t'en es bien sortie sans nous...

— Le Conseil des sorciers a admiré son à-propos et son sens des responsabilités, insista M. Mesmer.

L'apprentie sorcière sentit qu'elle rougissait.

— Telles tantes, telle nièce ! lança Hilda en riant horriblement fort.

Tout ce petit monde arriva devant le bâtiment d'entretien. L'endroit avait été décoré et garni de chaises confortables. Au milieu de la salle trônait l'immense aquarium, où allait se dérouler dans un instant la première reconstitution navale. M. Kraft avait dirigé les préparatifs, aidé par l'atelier d'arts plastiques et les élèves de la classe de théâtre.

En entrant dans la pièce, Sabrina embrassa ses tantes et alla rejoindre ses amis. Ceux-ci plaisantaient gaiement. L'apprentie sorcière avait du mal à partager leur bonne humeur. Un peu nostalgique, elle gardait les yeux fixés sur l'aquarium, que recouvrait un voile pourpre. Harvey et Valérie ne sauraient jamais que, pendant quelques jours, l'île engloutie de l'Atlantide s'était trouvée ici même. Ils ne sauraient pas non plus que Sabrina s'y était promenée en sirène, et qu'elle avait sauvé un peuple d'artistes en péril.

La jeune fille aurait tant aimé leur expliquer qu'elle n'était pas une simple lycéenne, mais une apprentie sorcière qui allait au lycée ! Il ne fallait pas y penser : les sorciers devaient être discrets pour vivre en paix parmi les mortels. Et puis, qui croirait que Sabrina avait retrouvé puis sauvé l'île de l'Atlantide dans un aquarium ? C'était totalement invraisemblable !

« Et pourtant, songea Sabrina quand les lumières s'éteignirent. Et pourtant... »

FIN

Sabrina

l'apprentie sorcière

1. Une rentrée pas ordinaire
2. Une rivale inattendue
3. Un Noël presque parfait
4. Un invité surprise
5. Un amour de sorcière
6. Un week-end très mouvementé
7. Une journée d'enfer
8. Un lundi hallucinant
9. Sabrina fait des mystères
10. Détective de choc !
11. La fête des sorcières
12. Le bal de la Pleine Lune
13. La double vie de Sabrina
14. Un défi pour Sabrina

La magie de Sabrina (hors-série)

Et pour les plus jeunes :

Salem

le chat de Sabrina

1. Salem à la télé
2. Salem à l'école
3. Piégé dans l'Histoire !
4. Attention au sort !
5. Un après-midi de chien
6. Allô, Salem ?
7. Salem est jaloux
8. Libérez Salem !

Sabrina L'Apprentie Sorcière™

Retrouve Sabrina sur CD-ROM et Playstation®

Le 1er jeu d'aventure adapté de la série télé

Knowledge Adventure

SIMON & SCHUSTER

www.archiecomics.com

Et si tu danses,
si tu as dansé,
si tu rêves de danser,
découvre vite la série

Danse!

écrite par
Anne-Marie Pol

1. Nina, graine d'étoile
2. À moi de choisir
3. Embrouilles en coulisses
4. Sur un air de hip-hop
5. Le garçon venu d'ailleurs
6. Pleins feux sur Nina
7. Une Rose pour Mo
8. Coups de bec
9. Avec le vent
10. Une étoile pour Nina
11. Un trac du diable
12. Nina se révolte
13. Rien ne va plus !
14. Si j'étais Cléopâtre...
15. Comme un oiseau
16. Un cœur d'or
17. À Paris
18. Le mystère Mo
19. Des yeux si noirs...
20. Le Miroir Brisé
21. Peur de rien !
22. Le secret d'Aurore
23. Duel
24. Sous les étoiles

Les secrets de Nina (Hors-série)

Cet ouvrage a été composé par
PCA - REZÉ

Imprimé en France sur Presse Offset par

BRODARD & TAUPIN

GROUPE CPI

La Flèche (Sarthe), le 19-06-2002
N° d'impression : 13065

Dépôt légal : juillet 2002

POCKET
jeunesse

12, avenue d'Italie • 75627 PARIS Cedex 13

Tél. : 01.44.16.05.00